Der Schatten aus der Tiefe

Nathali Gutz

Unheimliche Geschichten

Nathali Gutz

Der Schatten aus der Tiefe

Unheimliche Geschichten

Impressum

Bibliografische Information der Deutschen Nationalbibliothek:
Die Deutsche Nationalbibliothek verzeichnet diese Publikation in der Deutschen
Nationalbibliografie; detaillierte bibliografische Daten sind im Internet über http://dnb.dnb.de
abrufbar.

Lektorat und Korrektorat: Ralf Reiter
Umschlagbild: Katrin Leuschen

Herstellung und Verlag: BoD – Books on Demand, Norderstedt

ISBN: 978-3-7534-2715-7

Inhaltsverzeichnis

Sommer 1811: Der Schatten aus der Tiefe

And was Jerusalem builded here,
Among these dark Satanic Mills?
         „Jerusalem", William Blake, 1804

Mein Name ist Josiah Waters, und bis vor etwa zwei Jahren war ich ein Handweber. Die Arbeit hat mir immer schon viel Freude gemacht, auch wenn sie mitunter recht mühsam war – die Zufriedenheit, die ich empfand, wenn ich am Abend mein Tagewerk betrachtete, hat das alles aufgewogen. Doch seit es diese großen Fabriken gibt, wo mit Dampfmaschinen betriebene Webstühle in viel kürzerer Zeit größere Stoffbahnen produzieren, ist es für uns Handweber immer schwerer geworden, von unserer Arbeit zu leben.Ich erlebte mit, wie viele meiner Freunde und Bekannten das begriffen und in die Fabriken gingen, doch ich konnte mich einfach nicht dazu durchringen. Was mich dazu trieb? Starrsinn, Stolz oder Dummheit und Kurzsichtigkeit? Ich weiß es nicht. So schlug ich mich längere Zeit mehr schlecht als recht durch, während um mich herum die Webereien, Spinnereien und anderen Fabriken wie Pilze aus dem Boden schossen. Ich war erst dreiundzwanzig Jahre alt, doch ich kam mir vor wie ein Relikt, wie ein Überbleibsel aus einer längst vergangenen Zeit.

Doch dann kam jener Tag im Frühling des Jahres 1811, an dem ich die Entscheidung traf, die den Lauf meines Lebens grundlegend änderte und mich letzten Endes an den Ort brachte, an dem ich jetzt bin.

Wie immer lieferte ich meinen Stoff beim Verleger ab und erwartete, meinen üblichen Lohn dafür zu bekommen. Doch ich musste die Münzen, die er vor mir auf den Tisch legte, nicht zählen, um zu erkennen, dass es deutlich weniger war als sonst.

Ich machte eine entsprechende Bemerkung, doch der Verleger schaute mich nur gleichgültig an. „Mehr kann ich dir nicht mehr geben, in den Fabriken produzieren sie den Stoff viel günstiger. Dagegen kommen wir nicht an."

Ich protestierte, doch damit stieß ich bei meinem Gegenüber auf taube Ohren. „Entweder du nimmst das Geld, oder du packst dein Zeug wieder ein und gehst", sagte er gleichmütig. „Glaube bloß nicht, dass du der einzige bist, der in so einer Lage ist. Die Zeiten ändern sich eben."

Ich schluckte die bösartige Bemerkung herunter, die mir auf der Zunge lag, strich meinen mageren Lohn ein, drehte mich auf dem Absatz um und ging. Während des ganzen Heimwegs kochte ich innerlich vor Wut, und als ich zu Hause angekommen war, musste mich mir eingestehen, dass es nicht so weitergehen konnte. Also sagte ich eines Tages meinen Freunden und Verwandten Lebewohl und machte mich auf den Weg nach Manchester.

Ich brauchte zwei Tage, um die Stadt zu erreichen, und ich gebe offen zu, dass der erste Anblick dieses gewaltigen, schmutzigen Häusermeeres, über dem eine ewige Dunstglocke zu hängen schien, ein ganz schöner Schock für mich war. Am liebsten wäre ich sofort wieder in mein Heimatdorf zurückgekehrt, doch ich fürchtete, dann vor meinen Freunden und Verwandten wie ein Narr dazustehen. Also blieb ich und fragte mich zu den Webereien durch. Eine erschöpft aussehende Frau etwa in meinem Alter zeigte auf ein riesiges, würfelförmiges Backsteingebäude mit sieben übereinanderliegenden Reihen großer Glasfenster und einem hoch in den Himmel ragenden rauchenden Schlot daneben und sagte, dort suche man immer Arbeiter und ich solle mich bei dem Aufseher, einem Mr. Fletcher, melden.
Der war ein kleiner, stämmiger Mann, vielleicht ein paar Jahre älter als ich. Als ich bei ihm vorsprach, betrachtete er mich abschätzig von Kopf bis Fuß, dann teilte er mir mit, dass ich mich um zwei Webstühle zu kümmern habe. Ich begriff nicht, was er damit meinte – man konnte doch nicht an zwei Webstühlen gleichzeitig sitzen!
Als er mich jedoch in einen Raum führte, den er den Websaal nannte, erschrak ich erneut, und nicht nur wegen des ohrenbetäubenden Lärms. Es war so laut, dass man sein eigenes Wort kaum verstand, und man musste schreien, um sich zu verständigen.
Links und rechts eines Mittelgangs erstreckten sich zwei Reihen von Maschinen, die ich sofort als Webstühle erkannte. Doch im Gegensatz zu dem, an dem ich zu Hause gearbeitet hatte, waren diese aus schwarzem Eisen, und es gab niemanden, der die Pedale trat oder das Schiffchen durch das Fach schob. Stattdessen wurden die Webstühle von langen Riemen angetrieben, die mit einer Art unter der Decke verlaufenden Achsen verbunden waren.
Männer, Frauen und einige Kinder eilten geschäftig hin und her und machten sich hin und wieder an den Maschinen zu schaffen.
„Hier fängst du an", sagte Mr. Fletcher und deutete auf einen Webstuhl zu meiner Linken. „Du wirst darauf achten, dass der Faden nicht reißt und dass alle beweglichen Teile immer gut geölt sind. Und pass auf deine Finger auf – wenn sie nämlich irgendwo in die Maschine geraten, wirst du sehr wahrscheinlich einen oder mehrere einbüßen."
Er wandte sich nach rechts, wo ein großer, hagerer Mann mit lockigem eisengrauem Haar gerade damit beschäftigt war, den Schussfaden einer frischen Spule mit den Zähnen durch das dafür vorgesehene Loch im Schiffchen zu ziehen.

„He, Billings!", rief der Aufseher, und der Mann drehte sich um. Er mochte um die Vierzig sein, aber die tiefen Falten in seinem Gesicht und die dunklen Schatten unter den Augen ließen ihn deutlich älter erscheinen. Er legte das Schiffchen weg und wischte sich mit dem Handrücken über die Lippen; dann ging er auf den Aufseher zu und schaute ihn fragend an.

„Der da ist neu hier", erklärte der und deutete auf mich. „Zeig ihm, wie alles funktioniert."

Der Angesprochene neigte leicht den Kopf, dann wandte er sich mir zu. „Ich bin Ezra Billings", sagte er. „Du kannst einfach Ezra zu mir sagen."

Ich stellte mich ebenfalls vor.

„Bist du Handweber?", fragte Ezra, und als ich nickte, sagte er: „Sehr gut, dann muss ich dir nicht alles von Anfang an erklären. Im Grunde genommen sind diese Dinger genauso wie die Webstühle, die du von zu Hause kennst. Nur sind sie größer und schneller."

„Und lauter", bemerkte ich.

„Das sind sie allerdings", pflichtete Ezra mir bei. „Hüte dich vor diesen Treibriemen und Wellen. Wenn du mit der Kleidung oder mit den Haaren da hineingerätst, reißen sie dich einfach mit, und das kann sehr böse ausgehen. Wenn du Glück hast, verlierst du nur einen Finger oder eine Hand, aber wenn du Pech hast, das Leben." Ich wich unwillkürlich einen Schritt zurück; dabei bemerkte ich, dass an Ezras rechtem Zeige- und Mittelfinger die Endglieder fehlten.

„Wenn der Schussfaden leer ist, hältst du den Stuhl so an", fuhr er fort und demonstrierte es. „Wie man die Spule wechselt, weißt du ja schon, das geht hier genauso. Dann legst du den Schützen – wir nennen ihn so, weil er so schnell ist, da passt das Wort ‚Schiffchen' nicht so recht - zurück in die Lade, setzt den Webstuhl wieder in Gang, und weiter geht's."

Er verzog das Gesicht zu einem ironischen Lächeln.

„Diese fliegenden Schützen machen ihrem Namen wirklich alle Ehre, denn wenn man beim Einlegen nicht sorgfältig genug ist oder wenn die Lade verschmutzt ist, kann es sein, dass sie sich selbständig machen und durch die Luft fliegen. Du siehst ja selbst, wie schwer und wie schnell sie sind - ich denke, ich muss dir nicht erzählen, was passiert, wenn jemand von so einem Ding getroffen wird."

Ich hob einen Schützen auf, der neben dem Webstuhl auf dem Boden lag, und wog ihn in der Hand. Er war deutlich schwerer und länger als die Weberschiffchen zu Hause, und seine Spitzen waren mit Eisen verstärkt. Ich konnte mir daher nur zu gut vorstellen, was er anrichten konnte, wenn er jemanden traf.

„Man muss sich bei diesen Stühlen auch vor dem Weberblatt hüten", fuhr Ezra fort. „Bei einem Handwebstuhl holst du dir höchstens einen blauen Fingernagel, wenn du beim Andrücken des Schussfadens versehentlich den Finger zwischen Blatt und Brustbaum hast. Aber wenn dir das bei einem mechanischen Webstuhl passiert, richtet das deutlich mehr Schaden an."

Er unterbrach kurz seine Erklärung, um eine Spule zu wechseln.

„Manche Fabrikanten sind so freundlich, einem verunglückten Arbeiter den Arzt und manchmal sogar den Lohn so lange zu zahlen, wie er ausfällt. Aber auf solch einen Gedanken käme unser Arbeitgeber nicht. Das schmälert doch nur seinen Gewinn."

Ich begriff nicht recht, was er damit meinte, denn mein Kopf schwirrte von all den neuen Eindrücken, die auf mich einstürmten. Also nickte ich nur.

„Der Arbeitstag dauert zwölf Stunden, manchmal allerdings auch länger", fuhr mein neuer Bekannter fort. „Um zwölf Uhr läutet die Glocke, dann haben wir eine Stunde Pause, in der wir nach draußen gehen können, wenn wir wollen. Von dem langen Stehen werden dir vermutlich ziemlich bald die Knie oder die Füße wehtun. Wenn es so schlimm wird, dass du dich hinsetzen musst, sieh bloß zu, dass Fletcher dich nicht erwischt."

Er verzog das Gesicht. „Der Kerl war schon früher kein Menschenfreund, aber in letzter Zeit ist er absolut ungenießbar. Vielleicht ist er ja eigentlich ganz in Ordnung, und es sind nur die Fabrikbesitzer, die ihm im Nacken sitzen. Wenn er uns nicht antreibt, damit wir unser Soll erfüllen, darf auch er seine Sachen packen und gehen. Aber vielleicht ist ihm auch seine Beförderung zu Kopf gestiegen."

Er machte eine vage Geste. „Ich habe ja nichts gegen klare Verhältnisse, aber es sollte schon einigermaßen gerecht zugehen."

Ich nickte wieder.

„Natürlich funktionieren die Webstühle manchmal nicht richtig. Wenn das passiert, musst du dich an den langen Kerl da drüben wenden. Das ist George Thornby, einer der Schlosser."

Als habe er gehört, dass man über ihn sprach, drehte sich Thornby um und eilte in unsere Richtung.

„Er ist eben zu ungeschickt, um ein Weber zu sein, und deswegen muss er das Mädchen für alles spielen", sagte Ezra absichtlich laut, als Thornby an uns vorbeilief. Der blieb stehen und versuchte, ihn missbilligend anzusehen.

„Das habe ich gehört", sagte er. „Du kannst froh sein, dass ich Respekt vor dem Alter habe, sonst würde ich dich kurz mal nach draußen bitten, um die Sache zu regeln."

Das breite Grinsen, das sich auf sein Gesicht stahl, ließ diese Drohung allerdings nicht besonders glaubwürdig erscheinen. Dann betrachtete er mich genauer.

„Ich habe dich noch nie hier gesehen. Bist du neu?"

Ich nickte, nannte meinen Namen und erwähnte, dass heute mein erster Tag sei. George klopfte mir auf die Schulter. „Dann wünsche ich dir viel Erfolg, Josiah. Wir sehen uns in der Mittagspause", fügte er an Ezra gewandt hinzu. „Und jetzt entschuldigt mich bitte, bei Lawrie gibt es schon wieder ein Problem mit einem seiner Stühle – dabei habe ich ihn doch erst letzte Woche zweimal repariert. Ich weiß auch nicht, wie er das immer schafft, wahrscheinlich ölt er ihn nicht genug." Er schaute sich suchend im Websaal um, bevor er fortfuhr. „Natürlich sage ich unserem Sonnenschein nichts davon. Er hat Lawrie sowieso schon auf dem Kieker, und eine Entlassung wäre das Letzte, was der Ärmste brauchen könnte, jetzt, wo seine Frau so krank ist. Also dann, bis nachher, Ezra. Und Josiah, pass auf dich auf." Damit verschwand er eilig in Richtung Werkstatt, und Ezra fuhr fort, mir alles Weitere zu zeigen. Als er fertig war, fühlte ich mich vollkommen überfordert. Ezra schien das gemerkt zu haben, denn er lächelte gutmütig. „Wann auch immer du eine Frage hast, kannst du dich an mich wenden. Und jetzt gehen wir lieber an die Arbeit, bevor es Ärger gibt."

Es war sehr schwer, eine Unterkunft zu finden, da so viele Menschen in die Stadt strömten und alle Quartiere überfüllt waren. Ich schlief eine Woche lang mehr schlecht als recht in Hauseingängen oder unter einer Brücke, doch ich erzählte Ezra nichts davon, weil ich seine Gutmütigkeit nicht noch weiter ausnützen wollte. Endlich kam ich in einem der rußgeschwärzten Backsteinhäuser in der Nähe der Fabrik unter, wo ich mir einen ohnehin schon winzigen Raum mit fünf weiteren Personen teilte. Meine Mitbewohner waren Prudence, die etwa fünfunddreißigjährige Witwe eines Webers, und ihre beiden Kinder, der sechzehnjährige Dick und seine zwei Jahre jüngere Schwester Mary. Seit dem Tod ihres Mannes arbeitete Prudence selbst in der Weberei, und da Frauen einen deutlich geringeren Lohn erhielten als Männer, mussten auch ihre Kinder mitarbeiten. Dick bediente einen Zettelbaum, die Maschine, mit der die Webketten aufgewickelt wurden, und Mary war Spulerin. Das bedeutete, dass sie das Schussgarn auf Spulen aufwickeln und den Webern bringen musste, damit diese stets einen ausreichenden Vorrat davon hatten. Zu Hause hatte meine Mutter diese Arbeit für meinen Vater und später für mich erledigt, doch hier, so erklärte mir Ezra, waren wegen der höheren Geschwindigkeit sechs Spulerinnen für je einen Weber zuständig.

Außerdem lebte noch der fünfzehnjährige Isaac bei ihr, der Sohn ihrer besten Freundin, die im vergangenen Jahr an Wundstarrkrampf gestorben war, nachdem sie sich bei der Arbeit verletzt hatte. Auch Isaac hatte früh seinen Vater verloren und hatte deshalb bereits im Alter von sechs Jahren angefangen, in der Fabrik zu arbeiten, zuerst als Zettler und seit ein paar Monaten als Weber.

Verglichen mit diesem Zimmer erschien mir mein altes Zuhause fast wie ein Palast – zumindest war es viel weniger beengt und nicht so feucht gewesen –, doch nach zwölf oder mehr Stunden Arbeit war ich so erschöpft, dass ich an jedem Ort und in jeder Position geschlafen hätte.

Ezra erbarmte sich meiner, und mit seiner Hilfe gelang es mir, mich einigermaßen einzuleben, auch wenn ich nach wie vor Schwierigkeiten hatte, mich an mein neues Leben zu gewöhnen.

Er litt unter Atemnot und einem quälenden Husten; wie er mir erklärte, nannte man diese Krankheit „Weberhusten", weil sie ausschließlich Weber und Spinner befiel und vermutlich von den Baumwollfasern in der Luft herrührte. Außerdem war er durch den Lärm der Maschinen schwerhörig geworden, ein Schicksal, das allen drohte, die länger in einer Fabrik arbeiteten.

Als die Glocke an diesem Tag zur Mittagspause läutete, fiel mir einmal mehr auf, wie still es doch war, wenn die Webstühle nach und nach abgeschaltet wurden und nur noch das Surren der Transmission den Raum erfüllte.

Ezra und ich gingen wie immer nach draußen, denn wenn es nicht gerade in Strömen regnete, waren wir beide dankbar über jedes bisschen frische Luft.

Draußen entdeckte ich Prudence, Dick, Mary und Isaac und winkte ihnen zu.

„Das sind die Leute, bei denen ich jetzt wohne", erklärte ich Ezra.

„Das Mädchen kenne ich", stellte Ezra fest, „das ist doch eine der Spulerinnen aus unserem Saal, nicht wahr?"

Ich erklärte ihm, wer sie waren, und Ezra schüttelte traurig den Kopf.

„Es ist eine himmelschreiende Ungerechtigkeit, dass selbst die Jüngsten schon so hart arbeiten müssen. Gut, ich musste auch schon als Kind Wolle krempeln, damit meine Mutter sie spinnen und mein Vater sie verweben konnte, und ich vermute, das war bei dir nicht anders. Aber wir konnten wenigstens nach draußen gehen, und wenn unsere Arbeit erledigt war, konnten wir ein bisschen spielen und Kinder sein ..."

Als er das sagte, überkam mich heftiges Heimweh. Tränen stiegen mir in die Augen, und ich schaute zu Boden.

„Lass uns zu ihnen hinübergehen", schlug ich vor, als ich mich wieder im Griff hatte. „Sie sind sehr nett, ich bin mir sicher, dass du sie mögen wirst."

Ich stellte meine Mitbewohner und Ezra einander vor, und schon bald waren wir in ein lebhaftes Gespräch vertieft. Kurze Zeit später stieß auch George zu uns.

Wie ich vermutet hatte, verstanden sich meine neuen Freunde ausgezeichnet. Dick zeigte ein großes Interesse an Georges Tätigkeit, sodass dieser versprach, bei unserem Arbeitgeber einmal nachzufragen, ob Dick nicht vielleicht in die Werkstatt wechseln könne. Als Prudence ihm für seine Bemühungen dankte, winkte er lächelnd ab.

„Das ist nicht der Rede wert. Ich finde, der Junge hat Talent, und es wäre jammerschade, wenn er seine Tage als Zettler beschließen müsste."

Prudence lächelte stolz, und Dick errötete, bevor er peinlich berührt das Thema wechselte.

Ein paar Tage später saßen Prudence, ihre Kinder, Isaac und ich schon zusammen im Hof, als sich George und Ezra zu uns gesellten. Da wir Männer etwas mehr verdienten als Frauen und Kinder, hatten wir es uns zur Gewohnheit gemacht, für die anderen immer eine Kleinigkeit zu essen mitzubringen. Ich hatte heute eine Pastete an dem Stand gekauft, der sich unweit des Fabriktors befand; sie waren von eher minderwertiger Qualität, aber immerhin eine kleine Abwechslung.

Ezra ließ sich neben mir nieder, griff in die Tasche und holte ein in ein sauberes Taschentuch gewickeltes Stück Käse hervor.

„Ich habe auch was", verkündete George stolz und präsentierte zwei appetitlich aussehende rotbackige Äpfel.

„Du liebe Güte, George, woher hast du die denn?", staunte Prudence.

George grinste verschwörerisch und zog die Augenbrauen hoch. „Sagen wir mal, ich habe sie ... gefunden. Versehentlich eingesteckt könnte man auch sagen."

Ezra betrachtete ihn mit einem gespielt strengen Blick. „Du bist ein unglaublich schlechtes Vorbild für diese unschuldigen Kinder." Er wies auf Dick und Mary, die beide anfingen zu kichern.

„Das ist wahr", bestätigte Prudence. „Ich denke, wir sollten keinen Kontakt mehr zu diesem verkommenen Menschen pflegen. Auch wenn er solch köstliche Dinge mitbringt."

Während der kleinen Neckerei hatte George die Äpfel in jeweils sieben Teile geschnitten und auf dem Tuch ausgebreitet, in dem Ezra den Käse aufbewahrt hatte.

Jeder der sechs nahm sich fast ehrfürchtig ein Apfelstück und verzehrte es langsam und bedächtig, und als ich mir meinen Anteil nahm, konnte ich nicht anders als mich zu wundern. In meinem Heimatdorf war der Tisch zwar auch nicht immer reich gedeckt gewesen, denn ein Baumwollweber kommt selten zu Wohlstand, so sehr er sich auch plagt. Aber an Äpfeln und anderen Früchten hatte es uns nie gemangelt, da jeder von uns einen Garten und einen kleinen Acker besaß. Das schien noch etwas zu sein, das hier grundlegend anders war.

Als ich mich später umschaute, fiel mir direkt vor dem Maschinenhaus eine seltsame runde Öffnung im Boden auf, die an einen Brunnen erinnerte.

Seltsamerweise machten alle, die auf dem Hof ihre Pause verbrachten, einen weiten Bogen darum, und die, die es trotz allem nicht vermeiden konnten, in seine Nähe zu kommen, wirkten nervös und angespannt.

„Das ist ja komisch, der ist mir noch nie aufgefallen", bemerkte ich und deutete auf den merkwürdigen Schacht. „Was ist das?"

„Das wurde letztes Jahr freigelegt, als sie das Maschinenhaus erweitert haben, um eine größere Dampfmaschine aufzustellen", erklärte Prudence. „Scheint ein alter Brunnen zu sein – aber Genaueres weiß keiner." Sie wollte noch etwas sagen, doch der grelle Klang der Glocke unterbrach sie und teilte uns mit, dass es Zeit war, wieder an die Arbeit zu gehen.

Ein paar Tage später war ich gerade dabei, einen geflickten Kettfaden wieder durch die entsprechende Litze zu ziehen, als rechts von mir ein furchtbarer Schrei ertönte. Ich wandte mich um und sah Liddie, das junge Mädchen, das letzte Woche bei uns angefangen hatte. Sie kauerte zusammengekrümmt am Boden und drückte den linken Arm an sich.

Kitty, eine der älteren Arbeiterinnen, beugte sich über sie und sprach sie an, doch wegen des Lärms der Maschinen konnte ich nicht verstehen, was sie sagte.

Ich wusste, dass ich den Hinauswurf riskierte, wenn ich meinen Arbeitsplatz verließ, doch ich konnte nicht anders, ich musste nach Liddie sehen.

Als ich sie erreichte, hatte Kitty ihr gerade auf die Füße geholfen und führte sie weg von der Maschine. Liddies Hand und die Vorderseite ihres Kleides waren mit Blut verschmiert, und mit Entsetzen sah ich, dass ein Teil ihres kleinen Fingers fehlte und der Ringfinger gequetscht oder gebrochen war.

„Was ist passiert?", fragte ich.

„Das Weberblatt hat ihr die Hand eingeklemmt", erklärte Ezra. „Arme Kleine."

Er nahm sein Halstuch ab und wollte Liddies Hand damit verbinden, doch Kitty schob ihn beiseite und nahm ihm den improvisierten Verband weg. „Lass mal, ich mache das schon."

Sie legte Liddie einen Arm um die Schultern, und trotz des Schocks und der Schmerzen schien sich das Mädchen ein wenig zu beruhigen.

Kitty verband Liddies Hand, und einen schrecklichen Augenblick lang hatte ich den Eindruck, dass in der Ecke ein Schatten lauerte, der jedoch kein normaler Schatten war, sondern etwas Abstoßendes, Unförmiges, dessen Anblick nicht nur die Augen, sondern auch den Verstand beleidigte.

Erschrocken wandte ich den Blick ab, doch als ich wieder hinschaute, konnte ich nichts Außergewöhnliches entdecken. Vermutlich hatte ich mir das nur eingebildet.

Am anderen Ende der Halle entdeckte ich Fletcher, und da ich wusste, dass er es ohnehin schon auf mich abgesehen hatte, beeilte ich mich, wieder auf meinen Platz zurückzukehren.

Am nächsten Tag nahm ich allen Mut zusammen und fragte den Aufseher, wie es Liddie ging.

Er schaute mich fragend an. „Wer ist Liddie? Ich kenne niemanden, der so heißt."

„Sie wissen schon, das Mädchen, das sich gestern an der Hand verletzt hat", versuchte ich ihm auf die Sprünge zu helfen.

„Ach, jetzt erinnere ich mich", erwiderte er ungewohnt freundlich. „Es geht ihr den Umständen entsprechend gut. Sie ist bei ihrer Familie, um sich zu erholen, und sobald es ihr wieder besser geht, wird sie versuchen, hier wieder Arbeit zu finden."

In diesem Moment erklang die Glocke, und wir begaben uns eilig auf unsere Plätze.

Während ich die Schützen meiner Webstühle mit neuen Spulen versah und alle anderen Vorbereitungen für den Arbeitstag traf, ging mir Fletchers letzte Bemerkung nicht mehr aus den Kopf. Sicher, seine Erklärung für Liddies Abwesenheit klang nachvollziehbar – allerdings war Liddie eine Waise, die aus dem Armenhaus zu uns gekommen war. Sie hatte also keine Familie, zu der sie zurückkehren konnte. Aber wo war sie dann?

Auch wenn der Lärm der Webstühle sonst kaum zu ertragen war, war ich diesmal geradezu dankbar für ihn, da er die verstörenden Gedanken wenigstens ein bisschen betäubte.

Als ich angefangen hatte, war jeder von uns für zwei Webstühle zuständig gewesen; nach einigen Monaten wurde die Zahl aber auf drei und schließlich auf sechs erhöht, mit der Folge, dass wir noch schneller arbeiten und unsere Augen wirklich überall haben mussten. Wenn jemand zu langsam war, brüllte der Aufseher ihn an und kürzte ihm den Lohn; wenn der Betreffende noch ein Kind war, konnte es sein, dass er sogar eine Tracht Prügel bekam.

Als wir uns nach einem besonders harten Tag vor dem Heimgehen noch ein wenig unterhielten, wie wir es uns zur Gewohnheit gemacht hatten, sagte Isaac plötzlich: „Ich habe gehört, dass es in Nottinghamshire Leute gibt, die sich Ludditen nennen. Sie versammeln sich, um Strumpfwirkerstühle zu zerschlagen und gegen die schlechte Bezahlung und die Tatsache, dass diese Maschinen ihnen die

Arbeitsplätze nehmen, zu protestieren." Er stieß den Atem in einem langen Seufzer aus und rieb sich erschöpft die Augen. „Ich wünschte, das gäbe es auch hier. Ich würde mit Freuden Feuer legen oder die verdammten Webstühle mit dem Hammer bearbeiten. Gott, wie ich diesen Ort hasse!"

Er sah so wütend und verzweifelt aus, dass es mir im Herzen wehtat.

Plötzlich begriff ich, wie er sich fühlen musste – wenn mir die Fabrik nach noch nicht einmal einem Jahr schon zuwider war, wie musste es erst für Isaac sein, der schon fast zehn Jahre seines Lebens hier verbracht hatte?

Prudence schaute sich um, und als sie sicher war, dass niemand anderes zuhörte, sagte sie: „Es geht mir genauso wie dir, Isaac. Und Fletcher würde ich mit dem größten Vergnügen einen Stein um den Hals binden und ihn in den Bridgewater Canal werfen." Sie spuckte verächtlich aus. „Für ihn sind wir doch auch nichts anderes als Maschinenteile, die man einfach wegwirft und ersetzt, wenn sie kaputt sind."

Wir anderen stimmten ihr zu, doch da wir Angst hatten, jemand könnte uns hören und uns an Fletcher oder die anderen Aufseher verraten, wechselten wir schnell das Thema.

Kurze Zeit später erschien auch Mary. Sie wirkte aufgelöst und verstört, und als ich fragte, was los sei, berichtete sie schluchzend, George habe sich mit seinem Halstuch im Kettbaum verfangen, als er einen Webstuhl reparierte.

„Selbstverständlich hatte er ihn dafür abgestellt, aber kaum dass George sich darüber gebeugt hat, lief der Stuhl plötzlich an, ohne dass ihn jemand angefasst hätte. Wir... wir haben uns natürlich sofort darangemacht, ihn zu befreien", erzählte sie unter Tränen, „aber als wir es endlich geschafft hatten, atmete er schon nicht mehr. Wir haben noch versucht, ihn wieder zu sich zu bringen, aber es war zu spät. Ich wollte dem Weber, der an dem Stuhl arbeitete, gerade einen neuen Korb mit Spulen bringen, und in dem Moment, in dem ich ankam, ist es passiert."

Prudence nahm sie in die Arme. Ezra, Dick und ich wechselten einen Blick. In den Gesichtern meiner Geschlechtsgenossen glaubte ich zu lesen, dass sie sich genauso hilflos fühlten wie ich, doch in Ezras Miene erkannte ich noch eine weitere Gefühlsregung - Angst, ja sogar blankes Entsetzen.

„Es ist genauso, wie ich vermutet hatte", murmelte er, doch als ich fragte, was er damit meinte, wollte er nicht näher darauf eingehen.

„Es ist besser, wenn du nicht zu viel weißt. Nur eins: Halte dich von dem Schacht beim Maschinenhaus fern und sieh zu, dass du dich nicht verletzt und dadurch etwas anlockst ...""

Ich war viel zu geschockt und traurig, um über diese seltsame Bemerkung weiter nachzudenken.

„Willst du nicht heute Abend mit uns essen?", fragte Prudence.

Ezra nickte dankbar. „Aber nur wenn ich etwas dazugeben kann. Ich will euch ja nicht zur Last fallen."

Er tauchte etwa eine halbe Stunde später bei uns auf und überreichte ihr ein Stück gepökelten Schweinebauchs, das sie mit Kartoffeln, Rüben und Karotten aufsetzte.

Doch obwohl sie sich bemüht hatte, das Essen so schmackhaft wie möglich zu machen, hatte niemand großen Appetit. Selbst Dick, der sonst kaum satt zu bekommen war, rührte nur lustlos in seiner Portion herum.

Zuerst sprach niemand, was mir persönlich ganz recht war, denn ich fühlte mich innerlich wie betäubt. Sicher hatte auch Liddies mysteriöses Verschwinden mich betroffen gemacht, aber sie hatte ich nur kurze Zeit gekannt. George hingegen war in den vergangenen Monaten ein guter Freund geworden, und seine fröhliche Art hatte so manchen harten Arbeitstag einigermaßen erträglich gemacht.

Schließlich war es Mary, die das Wort ergriff. „Ich kann es immer noch nicht fassen. Eigentlich konnte doch gar nichts passieren, und dann hat sich der Webstuhl einfach von selbst in Gang gesetzt ..."

Sie begann wieder zu schluchzen. Prudence drückte sie an sich und strich ihr über die Haare, und genauso wie Dick, Isaac, Ezra und ich konnte sie die Tränen nicht zurückhalten. Ehrlich gesagt war ich erstaunt, dass ich noch weinen konnte; während der letzten Monate hatte ich mich innerlich so ausgebrannt gefühlt, dass ich geglaubt hatte, kaum noch etwas empfinden zu können.

„George hat keine Verwandten, die für eine ordentliche Beerdigung aufkommen könnten", sagte sie schließlich, als wir uns alle ein wenig beruhigt hatten. „Wir haben leider nicht viel Geld, aber was wir erübrigen können, geben wir natürlich gern."

Sie kramte in ihrer Schürzentasche, holte ein kleines Häuflein Münzen hervor und legte es auf den Tisch.

Ezra schien die gleiche Idee gehabt zu haben, denn auch er steuerte ein paar Münzen bei. Ich holte den kleinen Lederbeutel, in dem ich meine magere Barschaft aufbewahrte, zählte ab, was ich entbehren konnte, und legte es auf das immer noch jämmerlich kleine Häufchen.

Prudence zählte das Geld. „Das reicht leider immer noch nicht. George war so ein lieber Kerl, ich möchte nicht, dass er verscharrt wird wie Abfall. Aber was könnten wir tun?"

„Wir könnten um einen Vorschuss bitten", überlegte Dick. „Aber dann würden wir wahrscheinlich als Unruhestifter angesehen, und der Himmel weiß, was dann passiert." Er schüttelte den Kopf. „Seit diese Ludditen-Sache bekannt ist, sieht Fletcher wirklich überall Gespenster. Dass er sich nicht noch selber verdächtigt, ist ein Wunder."

„Ich könnte das machen", erbot sich Ezra. „Was soll mir denn noch passieren? Wenn ich Glück habe, halte ich noch zwei oder drei Jahre durch, aber das ist schon großzügig geschätzt."

Ich wollte protestieren, doch er hob die Hand. „Machen wir uns nichts vor, ich habe genug Leute am Weberhusten sterben sehen und weiß, wie es um mich steht. Ich gehe gleich morgen früh zu Fletcher und frage ihn." Er erhob sich und blickte in die Runde. „Gute Nacht, Freunde, ich empfehle mich. Ein alter Mann wie ich braucht seinen Schlaf."

Am nächsten Tag trafen wir uns wie verabredet in der Mittagspause. Als Ezra zu uns stieß, erkannte ich schon von weitem, dass das Gespräch mit Fletcher nicht gut gelaufen war.

Ezra setzte sich zu uns. „Die gute Nachricht ist", berichtete er mit einem ironischen Lächeln, „dass er mich offensichtlich nicht für einen Unruhestifter oder Ludditen hält. Die schlechte ist aber, dass er sich nicht nur geweigert hat, einen Vorschuss zu geben, sondern mir auch sagte, dass George bereits beerdigt sei. Als ich ihn fragte, wo, hat er keine Antwort gegeben, sondern einfach nur gesagt, ich solle mich zum Teufel scheren."

Ich war bestürzt über diese Nachricht, und den anderen schien es genauso zu gehen.

„Verdammt", murmelte Dick zwischen zusammengepressten Zähnen. „Warum um alles in der Welt hatten sie es bloß so eilig, ihn unter die Erde zu bringen? Es hat doch sonst nie jemanden interessiert, wenn einer von uns bei der Arbeit umgekommen ist."

„Wenn ich das wüsste", sagte Ezra mehr zu sich selbst als zu uns.

Während der nächsten Tage dachte ich ständig über Ezras rätselhaftes Verhalten nach. Er war reizbar, ungewohnt schweigsam und mürrisch und wirkte seltsam angespannt, und das war wirklich ungewöhnlich für ihn. Schließlich hielt ich es nicht mehr aus und sprach ihn nach Feierabend darauf an. Zuerst wollte er sich mir wieder entziehen, doch als er merkte, dass ich nicht lockerließ, gab er mit einem Seufzen nach.

„Da du mich wohl erst in Ruhe lassen wirst, wenn du alles weißt, kann ich es dir genausogut erzählen.

Erinnerst du dich daran, wie ich neulich bei Fletcher war, um ihn nach einem Vorschuss für Georges Beerdigung zu fragen?"

Als ich nickte, fuhr Ezra fort.

„Ich habe euch ja damals erzählt, dass er keinen Vorschuss geben wollte und sagte, die Sache sei schon erledigt. Das war allerdings nur die halbe Wahrheit."

„Was meinst du damit?", fragte ich verwirrt.

„Nun, was er genau sagte, bevor er mich hinausjagte, war: Die Sache hat sich wieder von selbst erledigt. Ich habe lange darüber nachgedacht, und dabei fiel mir auf, dass die, die in letzter Zeit umgekommen sind, alles junge und gesunde Leute waren. Kein einziger war älter als fünfundzwanzig, kein einziger hatte irgendein körperliches Leiden."

„Es tut mir leid, aber ich verstehe nicht, worauf du hinauswillst", erwiderte ich leicht gereizt. Es war doch sonst nicht Ezras Art, derart um den heißen Brei herumzureden. Was sollte das?

Ezra senkte den Blick und betrachtete eine Zeitlang seine Schuhe, bevor er weitersprach.

„Du hast ja den Schacht beim Maschinenhaus gesehen. Zuerst glaubten sie, einen alten Brunnen gefunden zu haben. Doch als man einen Eimer herunterließ, kam kein Wasser zum Vorschein, sondern nur eine zähe schwarze Masse, die einen merkwürdigen Geruch ausströmte. Kurz darauf kamen drei Arbeiter unter höchst seltsamen Umständen ums Leben, aber die Bauarbeiten wurden natürlich fortgesetzt. Nach diesen drei Todesfällen passierte aber nichts mehr – jedenfalls vorerst nicht."

Er hielt inne, um zu Atem zu kommen.

„Die neue Dampfmaschine nahm ihren Betrieb auf, und zuerst war alles wie immer. Natürlich passierte ab und zu ein Unfall, das ist ja ganz normal." Er hielt erneut inne und betrachtete seine rechte Hand. „Aber vorher hat es auch Ältere getroffen oder solche, die an Weberhusten oder Schwindsucht litten. Seit der Entdeckung dieses Brunnenschachts erwischte es jedoch nur noch die Jungen und Gesunden, so wie diese Bauarbeiter."

„Und wie George und Liddie?", fragte ich, und ein schrecklicher Verdacht stieg in mir auf.

Ezra nickte langsam. „Ja, wie George und Liddie. Ich glaube, hier gibt es etwas – oder jemanden -, der es auf die jungen Leute abgesehen hat. Das Seltsame ist, dass sie einfach verschwinden, als hätte es sie nie gegeben."

Plötzlich packte mich eine rasende Wut, und ich wäre beinahe mit den Fäusten auf meinen Freund losgegangen. „Warum hast du uns denn nie von deiner Vermutung erzählt? Wolltest du etwa, dass wir auch dran glauben müssen?"

Ezra musste meinen Ausbruch vorausgesehen haben, denn er sprang auf und ergriff meine Handgelenke mit einer Kraft, die ich ihm nicht zugetraut hätte.

„Ruhig, Josiah", sagte er sanft, und als ich den betrübten Ausdruck in seinem Gesicht sah, verflog mein Zorn schlagartig.

„Du musst mir glauben, dass es mir nicht leichtgefallen ist, meinen Verdacht für mich zu behalten." Er presste die Lippen zusammen und holte tief Atem, bevor er weitersprach.

„Einerseits schien es mir wichtig, dass ihr davon wisst, aber andererseits wollte ich euch nicht zusätzlich belasten, damit nicht noch mehr Unfälle passieren …"

Er wandte den Blick ab, hielt aber weiterhin meine Handgelenke fest, so als fürchte er, ich wollte ihn immer noch schlagen.

„Du kannst mich ruhig loslassen", sagte ich leise. Plötzlich fühlte ich mich erschöpft und schämte mich dafür, fast die Kontrolle über mich verloren zu haben.

Ezra zögerte einen Moment, dann kam er meiner Aufforderung nach. „Letzten Endes können wir wahrscheinlich sowieso nichts dagegen tun", stellte er resigniert fest.

Der nächste Sonntag war warm und sonnig, selbst in dieser raucherfüllten Stadt, und so saßen Ezra und ich auf einer Mauer am Ufer des Bridgewater Canal. Wir hatten auf den Kirchgang verzichtet – wenn ich ehrlich bin, war mir ohnehin nicht mehr wirklich nach Beten zumute, seit ich hier war, und als ich das Ezra gegenüber erwähnte, sagte er, ihm ginge es genauso. Stattdessen hatten wir in einem naheliegenden Wirtshaus ein Bier getrunken, und jetzt genossen wir den Sonnenschein und schauten auf das träge dahinfließende Wasser.

Zu gerne hätte ich mit Ezra einen Spaziergang außerhalb der Stadt gemacht, doch der Gesundheitszustand meines Freundes machte es ihm unmöglich, so eine weite Strecke zurückzulegen.

„Den Hinweg würde ich vielleicht noch schaffen", hatte er gesagt, als ich ihn darauf ansprach, „aber zurück müsstest du mich tragen." Dann hatte er mit einem Anflug von Bitterkeit aufgelacht. „Vergiss nicht, ich bin vierundvierzig. Das ist ganz schön alt für unsereinen."

Er sagte das so sachlich und ungerührt, als spräche er über das Wetter; in der ersten Zeit hatte mich solche Gleichmütigkeit noch erschreckt, aber mittlerweile hatte ich ja gelernt, dass sich die Zustände nur auf diese Art ertragen ließen.

Ich hätte mit Ezra gerne über die Ludditen geredet, von denen Isaac neulich berichtet hatte, aber ich traute mich nicht, das Thema in der Öffentlichkeit anzusprechen – insbesondere nicht, seit Fletcher uns vorgestern vor der Arbeit zusammengerufen und mit selbstgefälligem Lächeln verkündet hatte, dass man „diese verdammten Unruhestifter" mit Sicherheit hängen würde. „Wenn einer von euch auf solch dumme Gedanken kommt, werde ich persönlich dafür sorgen, dass ihm das gleiche Schicksal blüht", hatte er hinzugefügt, und ich hatte geglaubt, in seinem Gesicht trotz seines selbstsicheren Tonfalls einen Anflug von Angst zu erkennen. Fürchtete er etwa, ebenfalls unter Verdacht zu geraten, falls einer von uns sich den Aufständischen anschloss?

Während der Unterhaltung hatte ich einen zwischen den Mauerfugen wachsenden Grashalm ausgerissen und damit herumgespielt; jetzt warf ich ihn ins Wasser und sah zu, wie er stromabwärts davongetrieben wurde.

„Sag mal, Ezra, warum hat man diesen seltsamen Brunnenschacht nicht einfach wieder zugeschüttet oder abgedeckt?"

Ezra zuckte mit den Schultern. „Das ist eine gute Frage, auf die ich leider keine Antwort weiß. Aber wer begreift schon die Gedanken und Pläne der hohen Herren?"

Er wurde von einem Hustenanfall gepackt, und als der vorüber war, wollte er nicht mehr auf das Thema zurückkommen, so sehr ich mich auch bemühte, ihm weitere Informationen zu entlocken.

Etwa sechs Wochen später erkrankte auch Prudence am Weberhusten. Er fing montags nach ein paar Stunden Arbeit an und wurde dann immer schlimmer, bis er sich im Laufe der Woche etwas besserte. Erst wenn die Krankheit weiter fortgeschritten war, würde es zu ständiger Atemnot wie bei Ezra kommen.

„Ich hatte immer gehofft, dass es mich verschont", sagte sie niedergeschlagen, „schließlich arbeite ich schon so lange hier, und bisher hatte ich Glück. Da habe ich mich wohl zu früh gefreut."

Sie zog ihr Schultertuch enger um sich, so als sei ihr kalt.

„Hoffentlich halte ich durch, bis Isaac, Dick und Mary erwachsen sind", fuhr sie fort. Sie brauchte nicht weiterzusprechen, denn wir wussten alle nur zu gut, was mit mittellosen Waisen passierte.

„Falls es zum Schlimmsten kommt, werde ich mich selbstverständlich um sie kümmern", versprach ich.

Prudence sah mich voller Dankbarkeit an. „Das würdest du wirklich tun?"

Ich nickte. „Ich weiß, ich bin selbst noch ziemlich jung, aber wenn ich irgendwie helfen kann -"

Prudence ließ mich nicht ausreden, sondern sprang auf und umarmte mich, wobei sie sich überschwänglich bedankte.

Eines Abends bekam Prudence auf dem Heimweg einen schlimmen Hustenanfall. Er war so heftig, dass sie sich an der Mauer eines Hauses abstützen musste.

„Geht nur schon weiter, ich komme gleich nach", sagte sie, als die Attacke vorbei war. Sie hob den Kopf und strich sich das schweißnasse Haar aus der Stirn, wobei sie sich immer noch an die Mauer lehnte.

Wir machten uns widerwillig auf den Weg; ich glaube nicht, dass sich irgendeiner von uns bei dem Gedanken wohl fühlte, sie allein zurückzulassen.

Nach ein paar Schritten drehte ich mich um und schaute nach ihr. Prudence stand mit gesenktem Kopf so da, wie wir sie verlassen hatten, und zu meinem Schrecken bemerkte ich hinter ihr einen tiefschwarzen Schatten, der auf sie zuzukriechen schien.

Der Schatten bewegte sich wie ein intelligentes Lebewesen, und als es nur noch wenige Schritte von ihr entfernt war, schien es lange Fühler nach ihr auszustrecken und sie zu betasten.

Am liebsten wäre ich zu ihr hingerannt, aber vor lauter Entsetzen war ich wie erstarrt und konnte weder einen Finger rühren noch einen Ton hervorbringen.

Gerade als ich fürchtete, dass dieses furchtbare Ding nach Prudence greifen und sie verschlingen würde, zog es sich jedoch von ihr zurück – man konnte sogar sagen, dass es regelrecht vor ihr zurückschreckte.

Jetzt konnte ich endlich meine Erstarrung abschütteln und zu ihr hinlaufen.

„Hat es dich erwischt?", fragte ich atemlos. Prudence sah mich verwirrt an. „Was meinst du damit? Was soll denn passiert sein?" Ich versuchte zu erklären, was ich gesehen hatte, doch Prudence schüttelte nur den Kopf. „Da war nichts, Josiah, da hat dir wohl deine Vorstellungskraft einen Streich gespielt."

„Doch, da war was", beharrte ich, „ich habe es doch gesehen!" Ich spürte, wie ich errötete, und ärgerte mich darüber. Mit gesenktem Kopf schlich ich zurück zu den anderen, und Prudence folgte mir.

In der darauffolgenden Nacht hatte ich einen beängstigenden Traum. Ich stand neben einem Brunnen, der unserem Dorfbrunnen zu Hause ähnelte; dieser Brunnen jedoch machte mir Angst, und das nicht nur wegen des beißend-fauligen Geruchs, der aus ihm aufstieg. Ich spürte, dass in ihm etwas abgrundtief Böses lauerte, und mir wurde klar, dass das, was sich dort befand, George, Liddie und all die anderen auf dem Gewissen hatte.

Ich glaubte zu hören, wie sich dort unten etwas regte.

Es ist sehr groß und sehr hungrig, schoss es mir durch den Kopf, aber ich hatte keine Ahnung, woher dieser Gedanke kam.

Plötzlich hörte ich Schritte hinter mir; ich fuhr herum und erblickte zu meiner Überraschung George. Groß, dünn und totenbleich stand er da und schaute mich zuerst nur wortlos an, doch dann begann er zu sprechen.

„Es ist hinter dir her, Josiah", sagte er und deutete mit einer Kopfbewegung auf den Brunnen; dabei bemerkte ich das große, blauviolette Würgemal um seinen Hals.

„Es hat Liddie und mich erwischt, und wenn du nicht aufpasst, bist du der Nächste."

„Was meinst du damit?", fragte ich und versuchte dabei vergeblich, das Zittern in meiner Stimme zu unterdrücken.

George antwortete nicht sofort, sondern er schüttelte nur langsam den Kopf.

„Prudence hatte Glück, es will nur die Jungen und Gesunden", sagte er schließlich. „Keine beschädigte Ware." Ein trauriges Lächeln huschte über sein Gesicht. „Wir sind alle tot hier unten, und ich möchte nicht, dass du einer von uns wirst." Er schaute zum Brunnen und dann wieder zu mir. „Liddie hat es überstanden, es hat sie schon verschlungen wie alle dort unten, und ich hoffe, ich kann ihr bald folgen. Wenn das Wesen mit einem fertig ist, findet man vielleicht endlich Frieden, aber nicht hier, in diesem Vorhof der Hölle ..."

Jetzt wurden die Geräusche im Brunnen lauter, und plötzlich schoss etwas Dunkles, Schlangenartiges aus seiner Öffnung und griff nach George. Ich schrie auf und warf mich zu Boden, und als ich die Augen wieder öffnete, stellte ich fest, dass ich in meinem Bett lag. Neben mir stand Prudence und schaute mich besorgt an.

„Ist alles in Ordnung mit dir, Josiah? Du hast ja laut genug geschrien, um Tote aufzuwecken!"

Ihre Wortwahl ließ mich zusammenzucken, aber ich versuchte, mir nichts anmerken zu lassen. Vielleicht würde ich alles schneller vergessen, wenn ich nicht darüber sprach oder nachdachte.

„Mir geht es gut", versicherte ich halbherzig. „Ich hatte nur einen komischen Traum, weiter nichts."

Prudence schaute mich zwar zweifelnd an, ließ es aber dabei bewenden. Sie löschte das Licht und ging wieder ins Bett, und auch ich drehte mich auf die Seite und fiel in einen glücklicherweise traumlosen Schlaf.

Dann kam der Tag, an dem alles schiefging. Es hatte schon am frühen Morgen angefangen, als ich beim Ölen auf eine Spule trat, die aus einem unerfindlichen Grund zwischen meinen Webstühlen am Boden lag. Als ich mit rudernden Armen versuchte, mein Gleichgewicht wiederzuerlangen, verschüttete ich etwas Öl. Ich suchte mir einen Putzlumpen und versuchte, die Flecken klammheimlich aufzuwischen, doch natürlich erwischte mich Fletcher. „Für heute verwarne ich dich nur, Waters, aber beim nächsten Mal werde ich dir den Lohn kürzen. Ihr Bauernlümmel seid wirklich zu nichts zu gebrauchen!"

Nur zu gerne hätte ich ihm meine Meinung gesagt, doch ich schluckte meinen Ärger hinunter und ging an die Arbeit.

Ich musste eine schlechte Kette erwischt haben, denn ständig riss ein Faden, sodass ich den betreffenden Webstuhl anhalten und den Schaden beheben musste.

Endlich, als ich kurz davor war, die Geduld zu verlieren, schien meine Pechsträhne zu Ende zu sein, denn eine Zeitlang lief alles gut. Doch dann riss wieder ein Kettfaden, und das lose Ende verschwand irgendwo im Inneren der Maschine. Fluchend beugte ich mich über den Webstuhl, und als es mir endlich gelungen war, es zu finden und zu verknoten, schaute ich auf und bemerkte ein Grüppchen von vier oder fünf Leuten, die im Mittelgang standen und aufgeregt durcheinanderzureden schienen. Eine schreckliche Ahnung durchfuhr mich, und als ich zum Ort des Geschehens eilte, sah ich Isaac neben seinen Webstühlen am Boden liegen. Die linke Seite seines Kopfes war blutüberströmt, und sein Atem ging schwer und röchelnd. Wie einer der Umstehenden berichtete, war er von einem Webschützen getroffen worden, als er sich umdrehte, um eine neue Spule aus dem Korb zu nehmen.

Zuerst dachte ich, er habe das Bewusstsein verloren, doch als ich neben ihm niederkniete, schlug er plötzlich die Augen auf und fixierte mich mit durchdringendem Blick.

„Dunkel", sagte er undeutlich, „die gestaltlose Dunkelheit von jenseits der Sterne ..."

Ich fühlte Panik in mir aufsteigen, versuchte aber, mir nichts anmerken zu lassen.

„Sei still, Isaac, es wird alles wieder in Ordnung kommen", versuchte ich ihn zu beruhigen. Ich nahm mein Halstuch ab, um damit die Wunde zu verbinden, doch als ich mich über ihn beugte, schrie er auf und stieß Worte aus, die ich nicht verstehen konnte.

„Du musst keine Angst haben, ich bin bei dir", versicherte ich ihm. „Ich bin's, Josiah, du kennst mich doch."

Ich erwartete eine weitere Panikreaktion, doch nichts dergleichen geschah. Jetzt hatte auch Ezra uns erreicht und ließ sich ebenfalls auf die Knie nieder.

Isaac wandte den Kopf und sah ihn an; seine Augen waren wie dunkle Seen.

„Ezra ... ich möchte nicht in die Dunkelheit zu Liddie und den anderen ... dort unten, wo all die Toten sind. Bitte sorge dafür, dass das nicht geschieht."

Ezra ergriff Isaacs Hand.

„Rede keinen Unsinn, Junge, du stirbst nicht. Du hast einen heftigen Schlag auf den Kopf bekommen, und das hat dir die Sinne verwirrt. Aber glaube mir, das kommt wieder in Ordnung."

Ich fand, dass er nicht besonders überzeugend klang, beschloss aber zu schweigen.

„Nein, Ezra, bitte ... versprich es mir!", stieß Isaac hervor.

Der alte Weber seufzte. „Gut, wenn es dich beruhigt, mache ich das. Und jetzt lass mich dich verbinden."

Isaac schloss die Augen, und kurz darauf schien er in der Tat das Bewusstsein verloren zu haben.

Als er fertig war, machte Ezra Anstalten, den Jungen hochzuheben, aber ich schob ihn zur Seite.

„Lass mich, das mache ich", sagte ich.

Obwohl Isaac klein und schmächtig war, schien er in meinen Armen schwer wie Blei zu sein. Als ich den Websaal verlassen wollte, trat mir Fletcher in den Weg und fragte mich in barschem Tonfall, wohin ich wolle.

„Wohin wohl?", fragte ich ihn genauso barsch zurück. „Mich um Isaac kümmern. Er wurde von einem losgerissenen Schützen am Kopf getroffen, und wie Sie vielleicht sehen, geht es ihm gerade nicht so gut."

„In Ordnung, du kannst ihn nach Hause bringen, aber dann gehst du sofort wieder zurück an deinen Platz", ordnete Fletcher an.

Ich reagierte nicht, sondern ging einfach an ihm vorbei. Sollte er mich doch hinauswerfen – nach diesem Vorfall hatte ich ohnehin keine Lust mehr zu bleiben, egal, was das für meine Zukunft bedeutete.

Ich trug Isaac heim und legte ihn auf sein Bett, wo ich ihn bis aufs Hemd entkleidete. Als ich ihn zudeckte, regte er sich kurz und murmelte dieselben unverständlichen Worte wie zuvor.

Ich fühlte mich schrecklich hilflos, denn ich hatte keine Ahnung, was man bei solch einer Kopfverletzung tun konnte. Ich wünschte mir sehnlichst, einen Arzt rufen zu können, aber da ich wusste, dass er auf sofortiger Bezahlung bestehen würde und ich das Geld nicht hatte, war es schlicht und einfach nicht möglich.

Also saß ich nur schweigend da und hielt Isaacs Hand, und als mir die Tränen in die Augen stiegen, machte ich mir nicht die Mühe, sie zurückzuhalten. Schließlich wurde es Abend, und ich zündete eine Talgkerze an, da ich die Schatten nicht ertragen konnte – nicht nach dem, was Isaac über die „Dunkelheit jenseits der Sterne" gesagt hatte. Ich konnte einfach nicht damit aufhören, über diese seltsame Bemerkung nachzudenken. Kam das nur von der Kopfverletzung, oder hatten seine Worte wirklich eine Bedeutung gehabt? Und wenn Letzteres der Fall war, was bedeutete „dort unten, wo Liddie, George und die anderen Toten sind"?

Irgendwann muss ich eingeschlafen sein, denn als ich hochschreckte, war die Kerze erloschen, und im Zimmer war es stockdunkel. Leise fluchend suchte ich in der Dunkelheit herum, bis ich eine neue fand und anzünden konnte. Die Kerzenflamme flackerte und warf unruhige Schatten. Erneut stiegen Wut und Hilflosigkeit in mir auf, und ich ballte die Fäuste und biss die Zähne zusammen, um nicht laut hinauszuschreien.

Isaac regte sich, und ich nahm vorsichtig seine Hand und drückte sie sanft. „Keine Angst, ich bin bei dir", versicherte ich ihm.

Plötzlich sah ich aus dem Augenwinkel eine huschende Bewegung und dachte erst, es sei eine Maus oder eine Ratte. Doch es war nichts dergleichen, sondern ein großer, unförmiger Schatten von einem so tiefen Schwarz, dass er aussah, als habe man ein Stück aus der Wirklichkeit herausgeschnitten.

Als sich der Schatten Isaac näherte, schien er sich in die Länge zu ziehen und zu wachsen. Er bildete an dem uns zugewandten Ende lange, schlangenähnliche Arme aus, die blind im Raum umhertasteten. Ich dachte an den Traum, in dem mir George erschienen war, und da begriff ich, dass dies kein Schatten war, sondern ein Tier, ähnlich des Kraken auf einem Flugblatt, das ich als Kind einmal gesehen hatte, aber noch viel fremdartiger und bedrohlicher.

Auch wenn mein junger Freund vielleicht dem Tode geweiht war, hatte ich dennoch nicht vor, ihn dieser Kreatur zu überlassen. Der Himmel weiß, was sie mit dem armen Jungen anstellen würde!

Ich sprang auf, ergriff den Schemel, auf dem ich gesessen hatte, und schlug damit nach den tastenden Armen. Einer von ihnen griff nach einem Bein des Schemels, ließ es aber sofort wieder los und fuhr mit seiner Suche fort. Vielleicht musste ich dieses Ding in seiner Mitte treffen, um ihm Schaden zuzufügen oder es wenigstens von seinem Vorhaben abzubringen. Der Schemel erschien mir hierfür wenig geeignet, also ließ ich ihn fallen und sah mich nach einer besseren Waffe um. Ein Besen, der an der gegenüberliegenden Wand lehnte, war das Einzige, was halbwegs in Frage kam, also ergriff ich ihn, drehte ihn um und stach mit dem Stiel nach dem Wesen. Ich erwartete, auf Widerstand zu stoßen, doch der Besenstiel ging durch es hindurch, als bestünde es nur aus Rauch. Etwas packte mich am Handgelenk, und ein brennender Schmerz schoss meinen Arm hinauf. Ich versuchte, mich zu befreien, aber je mehr ich zerrte, desto fester wurde der Griff meines Widersachers. Gerade als ich das Gefühl hatte, als würde mir der Arm aus dem Gelenk gerissen, ließ der Zug nach. Einen Moment lang dachte ich, ich hätte es geschafft, doch dann umklammerte etwas meine Taille und meinen Hals. Ich verlor das Gleichgewicht und fiel vornüber, und dann verschlang mich die unbarmherzige Finsternis.

Als ich aufwachte, lag ich zusammengerollt unter freiem Himmel auf einem harten, staubigen Boden, der aussah wie festgestampfter Lehm. Gleichzeitig hatte er aber etwas Glasartiges, das mich an die Einfassung des seltsamen Brunnenschachts im Hof der Weberei erinnerte. Mein Mund fühlte sich an, als sei er mit einer Mischung aus Blut und den in der Fabrik so allgegenwärtigen Baumwollfasern gefüllt. Ich versuchte, es auszuspucken, aber das machte es noch schlimmer. Als ich mich mühsam auf den Ellbogen aufrichtete, schoss ein stechender Schmerz durch meinen Kopf. Ich ließ mich wieder zurücksinken und wartete darauf, dass er nachließ, dann versuchte ich es erneut. Diesmal war es nicht mehr ganz so schlimm, und ich schaffte es endlich, mich aufzurichten.

Ich legte den Kopf in den Nacken und schaute in den Himmel. Er war von tiefhängenden Wolken bedeckt, die ein heißer, trockener Wind vor sich hertrieb. Die Wolken sahen aus wie solche, die man kurz vor einem heftigen Gewitter sieht, aber sie waren nicht grau oder schwarz, sondern hatten einen eher rötlich-gelben Farbton, der mich an Fäulnis und Verwesung erinnerte.

„Großer Gott, wo bin ich hier nur?", fragte ich mich selbst laut, doch seltsamerweise konnte ich meine Stimme kaum hören. Sie klang leise und undeutlich, und als ich zwei Finger in den Mund steckte und pfiff, war auch dieses Geräusch dumpf und kraftlos.

Vermutlich bin ich gestürzt, oder ich hatte auch einen Unfall wie Liddie, George und Isaac, dachte ich. *Wahrscheinlich werde ich gleich aufwachen und mich wundern, was das für ein seltsamer Traum war.*

Ich stand auf und schaffte es, wenn auch leicht schwankend, auf den Beinen zu bleiben. Vorsichtig sah ich mich um und stellte dabei fest, dass ich mich auf einer Art Straße befand, die sich schnurgerade in endlose Ferne zu erstrecken schien. Sie war von Gebäuden gesäumt, die Ähnlichkeit mit den Webereien und Spinnereien von Manchester hatten, nur waren diese Gebäude verfallen, ihre Dächer eingestürzt, und ihre glaslosen Fenster starrten mich an wie die leeren Augenhöhlen eines Totenschädels.

Ich ging ein paar Schritte, und zu meiner Überraschung bemerkte ich in einer Lücke zwischen zwei Ruinen zu meiner Linken einen Brunnen wie den aus dem Traum, in dem mir George erschienen war. Falls dieser Brunnen Wasser führte, dürfte es wohl genauso tot und vergiftet sein wie alles andere an diesem seltsamen Ort. Ich näherte mich dem Brunnen, wobei ich nach einem Eimer oder etwas Ähnlichem Ausschau hielt – allerdings ohne Erfolg. Neugierig spähte ich über den Rand und erblickte weit unten etwas, das aussah wie eine schwarze Flüssigkeit. Ihre Oberfläche schillerte in seltsamen Farben, und das, obwohl sie eigentlich in fast völliger Dunkelheit lag. Plötzlich kräuselte sich die merkwürdige Substanz, warf zuerst Blasen und wurde dann halb durchscheinend wie staubiges Glas. Ich konnte dort unten ein Gesicht sehen; zuerst glaubte ich, dass es die Spiegelung meines eigenen sei, doch dann erkannte ich, dass es das von Liddie war. Kaum hatte ich das begriffen, als die Wasseroberfläche sich erneut kräuselte und das Gesicht im Wasser sich in das von George verwandelte, dann in das von Isaac und kurz darauf in das eines etwa vierzehnjährigen Mädchens, in das eines jungen Mannes in meinem Alter ...

Mit einem Aufschrei wich ich vom Rand des Brunnens zurück. Nach ein paar Schritten stieß ich mit dem Rücken gegen eine Mauer. Von Panik erfüllt rannte ich blindlings los wie ein durchgehendes Pferd, einfach nur geradeaus die nicht endenwollende Straße entlang. Schon bald geriet ich außer Atem und bekam heftiges Seitenstechen, doch die Angst trieb mich weiter. Schließlich strauchelte ich, fiel über meine eigenen Füße und schlug lang hin. irre und zusammenhanglose Gedanken schossen mir durch den Kopf, dann wurde es mir schwarz vor Augen.

Als ich wieder zu mir kam, stand die fremdartige Sonne tief über den Dächern der Fabrikruinen und tauchte ihre verrußten Ziegelmauern in ein dunkles Blutrot. Langsam hob ich den Kopf und schaute mich um. Zuerst wusste ich nicht, was passiert war, doch dann erinnerte ich mich an meine kopflose Flucht und an das, wovor ich geflohen war. Ich fühlte mich fiebrig und erschöpft, aber gleichzeitig auch erleichtert, als ich mich umschaute und den unheimlichen Brunnen nirgendwo entdecken konnte. Da mir nichts Besseres einfiel, ging ich die seltsame Straße entlang, und nach einiger Zeit – ich weiß nicht, wie lange – erblickte ich zu meiner Linken einen riesigen Trümmerhaufen aus Backsteinen und Holzbalken. Neugierig trat ich näher und erkannte, dass es sich um die Reste eines Dampfkessels handelte. Die äußere Hülle war ungefähr in der Mitte weit aufgerissen, sodass das im Inneren befindliche Rohr freilag wie der Oberschenkelknochen eines Riesen. Ich dachte an die Kesselexplosion in einer anderen Weberei vor ein paar Monaten, bei der der Heizer und der Maschinenwärter umgekommen waren. War das hier etwa auch passiert? Ich schaute mich noch ein bisschen um, dann stieg ich über die Backsteinhaufen auf der anderen Seite und betrat wieder die Straße. Ich musste nach unten schauen, um nicht zu stürzen oder an den Trümmern hängenzubleiben, und als ich wieder ebenen Boden erreicht hatte und aufschaute, blieb mir fast das Herz stehen – dort war der Brunnen, vor dem ich so überstürzt geflohen war. Jetzt begriff ich, dass ich diesem Ort nicht entkommen konnte, dass ich hier gefangen war, bis sich das Wesen im Brunnen meiner erbarmte. Ich ließ mich zu Boden fallen, barg das Gesicht in den Händen und brach in Tränen aus.

Jetzt bin ich schon lange hier – wie lange, weiß ich nicht, denn irgendwann habe ich aufgehört, das zu zählen, was ich für Tage halte. Ich schlafe zwar, wenn die fiebrig rote Sonne untergegangen ist, aber mehr aus Gewohnheit, denn wenn ich erwache, fühle ich mich genauso erschöpft wie vorher. Ich empfinde keinen Hunger oder Durst, aber was mich quält, ist die Eintönigkeit, die jeden Tag wie eine Ewigkeit erscheinen lässt. Ich habe schon versucht, meinem Leben ein Ende zu setzen, aber kurz darauf fand ich mich auf dieser Straße wieder, genau neben dem Brunnenschacht. Ich weiß jetzt, dass es kein Entkommen gibt, dass das Wesen, das dort unten haust, mich aufbewahrt, bis auch meine Stunde kommt.

Ich wünschte, ich könnte sterben.

Winter 1811: Das Jahr des Kometen

Das Jahr 1811 wurde von vielen Leuten das „Jahr des Kometen" genannt, und wegen dieser auffälligen Himmelserscheinung war es für viele ein ganz besonderes Jahr. Doch meiner Familie und mir wird es aus einem völlig anderen Grund wohl bis zu unserem letzten Atemzug unvergesslich sein.

Wir lebten in einem kleinen Dorf zwischen Huddersfield und Cleckheaton im Westen von Yorkshire. Unsere Familie bestand aus meinem Vater Tom Nicholls, meiner Mutter Ellie, meinen Geschwistern Martha, Sam und Johnny sowie meiner Wenigkeit, Rebecca, die von allen nur Becky genannt wurde.

Vater handelte mit Wollstoffen und leitete eine kleine Tuchscherermanufaktur, in der neben Sam auch noch die Scherer Billy Edwards, Martin Walker sowie die Brüder Rowland und Jemmy Burke arbeiteten. Mein Bruder Johnny und der siebzehnjährige Toby Buckley waren die beiden Lehrlinge.

Bis zu seinem vierunddreißigsten Lebensjahr war Vater ebenfalls Tuchscherer gewesen, doch dann war er an einem Winterabend auf dem Heimweg unglücklich auf dem vereisten Weg gestürzt und hatte sich das linke Handgelenk gebrochen.

Der Bruch war zwar verheilt, aber seitdem konnte er die Hand nur noch eingeschränkt bewegen. Das störte ihn zwar im Alltag nicht allzu sehr, jedoch war es ihm unmöglich geworden, seinen Beruf weiter auszuüben.

Darüber war er zuerst völlig verzweifelt gewesen, weil er fürchtete, uns nicht mehr ernähren zu können. Glücklicherweise hatte Joseph Robinson, der Inhaber der Manufaktur, die Notlage erkannt und eine Lösung gefunden. Er bot Vater an, sein Teilhaber zu werden; wie er sagte, hatte er das ohnehin vorgehabt, da er keine Erben hatte und nicht wollte, dass sein Betrieb in fremde Hände fiel. Mr. Robinson war vor zwei Jahren gestorben, und seitdem leitete Vater die Manufaktur.

Martha, unsere Älteste, hatte einen Mann aus Scarborough geheiratet und war zu ihm gezogen. Obwohl wir in regelmäßigem Briefkontakt standen, sahen wir uns wegen der großen Entfernung leider nicht allzu oft.

Zwei Jahre nach ihr war Sam auf die Welt gekommen. Neben der Arbeit als Scherer war es seine Aufgabe, die nötigen Materialien zur Weiterverarbeitung an die für uns arbeitenden Weber auszuliefern. Außerdem brachte er jeden Dienstag und Samstag die fertigen Tuche nach Huddersfield und verkaufte sie dort in der Tuchhalle.

Ich war anderthalb Jahre jünger als Sam, und wenn ich nicht gerade Mutter in Haushalt und Garten half, spann und spulte ich Garn für diejenigen unter unseren Webern, die keine Frauen oder Töchter für diese Aufgabe hatten.

An den Tagen, an denen die fertigen Stoffe gebracht wurden, überprüften Mutter und ich diese außerdem auf Fehler – die Bezahlung eines Webers richtet sich nämlich nicht nur nach der Stückzahl, sondern auch nach der Qualität der abgelieferten Ballen - und besserten eventuelle Schadstellen aus. Wir machten auch die Endkontrolle, bevor die Tuchballen für den Verkauf eingepackt wurden.

Während sein Handgelenk heilte, hatte Vater diese Arbeit für Mr. Robinson erledigt, doch er hatte offen zugegeben, dass sie ihm überhaupt nicht lag, weil ihm die dafür nötige Geduld fehlte. Daher war er sehr froh gewesen, sie an uns beide abgeben zu können.

Mir für meinen Teil war das sehr recht, denn ich fand es nach wie vor faszinierend, wie glatt und ebenmäßig, ja fast seidig die Wollstoffe nach der Endbearbeitung durch unsere Tuchscherer wurden, und es stachelte meinen Ehrgeiz an, die Ausbesserungsarbeiten so gut zu machen, dass es nicht auffiel.

Nach einem ungewöhnlich kalten Sommer mit ständigem Regen, der einen großen Teil der Ernte auf den Feldern hatte verderben lassen, war es jetzt, Anfang September, sonnig und trocken, sodass die Bauern wenigstens noch einen Teil der Feldfrüchte retten konnten.

Zwar waren die Nächte klar und kalt, aber die Tage erfreuten Mensch und Natur mit fast sommerlicher Wärme.

In jenen Tagen war der Komet, der dem Jahr seinen Namen gab, beeindruckend groß und hell. Er war fast die ganze Nacht am Himmel zu sehen, und viele Leute hielten ihn je nach persönlicher Vorliebe für ein gutes oder schlechtes Vorzeichen. Auch wir hatten uns zunächst Gedanken gemacht, doch der Sattlerlehrling John Booth aus Huddersfield, ein guter Freund von Sam, hatte uns erklärt, dass Kometen ein ganz natürliches Phänomen seien, und auch wenn sich die Wissenschaftler über ihre genaue Natur noch nicht ganz einig seien, bestünde kein Grund zur Sorge.

John war der neunzehnjährige Sohn des Pfarrers von Low Moor, einem kleinen Ort in der Nähe von Bradford. Sein Vater war früher selbst Tuchscherer gewesen, doch vor ein paar Jahren war er in den geistlichen Stand berufen worden. Seitdem arbeitete er nur noch zeitweise in seinem alten Handwerk, da seine Pfarrstelle nicht genug abwarf, um eine Familie zu ernähren, und gab nebenher Privatunterricht in Latein und Griechisch. Es war also kein Wunder, dass sein Sohn so belesen war.

John war klein, schmächtig und sehr schüchtern, also eigentlich das völlige Gegenteil meines munteren, mitteilsamen und breitschultrigen Bruders, aber trotzdem – oder vielleicht gerade deswegen – waren die beiden ein Herz und eine Seele.

Manchmal nannte Sam seinen Freund zum Spaß „Bücherwurm", doch der ärgerte sich nicht darüber – im Gegenteil, es amüsierte ihn sogar. Er pflegte dann immer zu erwidern, dass irgendjemand „diesen Wilden" ja ein wenig Bildung vermitteln müsse, und schaute dabei Sam an, der natürlich stets so tat, als fühlte er sich überhaupt nicht angesprochen.

Mein jüngerer Bruder Johnny verbrachte wie viele Jungen und junge Männer in jenen Tagen morgens sehr viel Zeit damit, seine Haare mit der Hilfe von Haarwachs zu der damals so beliebten windzerzausten Frisur zu arrangieren. John Booth hatte bei einem seiner Besuche gescherzt, Johnny erinnere ihn an Narzissus, den Jüngling aus der griechischen Sage, der sich in sein eigenes Spiegelbild im Wasser eines Sees verliebt hatte und dann verhungert war, weil er sich nicht davon lösen konnte.

„Ich fürchte, Johnny wird auch eines Tages vor dem Spiegel verhungern", hatte Sam erwidert. „Und eigentlich könnte Dad seinen Lohn samstagabends direkt zum Barbier nach Huddersfield bringen, da lässt er sowieso sein ganzes Geld." Wir hatten alle gelacht, auch John Booth, der normalerweise eher zurückhaltend war. Johnny hatte zuerst ein wenig geschmollt, aber zu guter Letzt hatte auch er eingestimmt.

Als Vater eines Tages erfuhr, dass sein Kollege John Wood in Longroyd Bridge die Wochenzeitung *Leeds Mercury* für seine Angestellten abonniert hatte, hatte er das für eine sehr gute Idee gehalten. Er hatte unsere Leute darüber abstimmen lassen, ob sie lieber den *Mercury* oder das *Gentleman's Magazine* haben wollten. Die Mehrheit hatte sich für Letzteres entschieden, und so bekamen wir monatlich die jeweils neueste Ausgabe per Post zugestellt. Da diese Zeitschrift Artikel über eine Menge verschiedener Themen veröffentlichte, war für jeden etwas dabei, und Johnny, Sam, Jemmy und Rowland wechselten sich damit ab, in der Mittagspause laut vorzulesen, damit auch Martin, Toby und Billy, die nicht lesen konnten, etwas davon hatten.

Abends diente die Zeitschrift Vater, Mutter und mir als Lektüre. Wir lasen alle sehr gerne, wie die meisten Leute in unserer Gegend, auch wenn Bücher teuer und mitunter schwer zu bekommen waren.

Eines Tages Mitte September sollte Sam ein paar Tuchscheren zum Schleifen ins Nachbardorf bringen und zwei andere abholen, die schon fertig waren. Da eine solche Schere rund vierzig Pfund wiegt und vier Fuß lang ist, brauchte er dazu unser kleines Fuhrwerk.

Unser Pferd, eine gutmütige Stute, hieß Moth, weil sie dieselbe graubraune Farbe hatte wie der Flügel einer Motte. Sie war nicht mehr ganz jung, aber abgesehen von den leichten Kuhlen über den Augen und dem schon etwas knochigen Widerrist merkte man ihr die Jahre nicht an.

Normalerweise machte Sam diese Erledigung allein, aber Vater hatte gesagt, diesmal solle er Johnny mitnehmen, damit er lernte, was er zu tun hatte.

Als die beiden zurückkamen, berichteten sie, dass Joe Wilkerson, der einäugige Weber, der etwas außerhalb des Dorfes lebte, krank sei. Seine zurückhaltende, manchmal fast abweisende Art hielten manche Leute für Unfreundlichkeit, aber sie rührte einfach daher, dass die Gegenwart zu vieler Menschen ihn überforderte. Wir jedenfalls waren immer gut mit ihm ausgekommen. Manchmal besuchte er uns sonntagnachmittags, um mit Vater Schach zu spielen, wobei sie rauchten und sich über Gott und die Welt unterhielten.

„Der Ärmste", sagte Mutter mitfühlend. „Ich werde gleich ein paar Sachen für ihn zusammenpacken. Die kannst du ihm dann nach dem Abendessen bringen, Sam."

„Ich komme mit", erbot ich mich. „Sam vergisst doch wieder die Hälfte von dem, was du ihm aufträgst."

Mein Bruder lächelte honigsüß.

„Dafür habe ich ja dich, liebstes Schwesterchen. Ich habe die Muskeln, und du hast das Hirn. Ergänzen wir uns nicht prächtig?"

„Da kann ich dir nur zustimmen", gab ich ebenfalls lächelnd zurück.

Mutter reichte Sam einen Korb mit einer Steingutflasche Milch, einigen in ein Tuch eingewickelten Muffins, zwei Papiertütchen mit Zucker und Tee sowie einer Flasche Portwein. „Ihr könnt euch ja unterwegs streiten, aber jetzt seht zu, dass ihr euch auf den Weg macht. Und vergesst nicht zu fragen, ob er einen Arzt braucht!"

Als wir Joes Häuschen erreicht hatten, klopfte mein Bruder an. „Wir sind es, Becky und Sam!", rief er. Als von drinnen keine Antwort kam, hob er den Riegel an, und wir traten ein.

Der Boden des einzigen Raumes, der gleichzeitig als Wohn-, Arbeits- und Schlafstätte diente, war mit großen, hellgrauen Steinplatten gepflastert. Zur Rechten stand ein kleiner Tisch mit zwei Stühlen, und der Tür gegenüber befand sich die zum Kochen und Heizen genutzte Feuerstelle.

Die linke Seite des Raumes wurde fast völlig von dem Webstuhl eingenommen; an der Wand daneben befand sich das schmale Bett, an dessen Fußende ein großer Korb mit Garnspulen stand.

Normalerweise traf man Joe fast immer bei der Arbeit an, doch jetzt lag er im Bett und bemerkte zuerst gar nicht, dass wir da waren. Erst als ich ihn ansprach, hob er den Kopf. Da er sein ergrauendes Haar auf altmodische Weise lang trug, musste er es erst einmal beiseite streichen, um uns mit seinem verbliebenen Auge benommen anzusehen.

Er war schon normalerweise ziemlich blass, weil er tagsüber selten an die frische Luft kam, aber jetzt sah er wirklich elend aus.

„Sam, Becky, was führt euch denn zu mir?", fragte er überrascht.

Ich deutete auf den Korb. „Sam hat erzählt, dass es dir nicht gut geht, deswegen hat Mutter uns mit ein paar Kleinigkeiten zu dir geschickt. Du weißt ja, wie sie ist."

Joe richtete sich schwerfällig auf den Ellbogen auf, und ein leichtes Lächeln huschte über sein Gesicht.

„Das ist wirklich nett von euch. Aber ihr hättet euch meinetwegen nicht solche Umstände machen müssen."

„Das ist doch selbstverständlich", erwiderte Sam. „Als wir in Not waren, wurden wir auch nicht im Stich gelassen, also ist es nur natürlich, dass wir uns auch um andere kümmern."

Joe wollte etwas erwidern, doch plötzlich wurde er von heftigem Schüttelfrost gepackt. Ich schaute mich suchend um, bis ich auf einem der beiden Stühle eine zweite Decke fand. Diese holte ich und breitete sie über ihn. Anschließend schürte ich das Feuer und setzte Teewasser auf.

In der Zwischenzeit hatte Sam etwas von der Milch, die Mutter uns mitgegeben hatte, in einen Becher gegossen und Joe gegeben. Er trank ihn in einem Zug aus, dann gab er mir den Becher zurück. Ich spülte ihn aus und füllte ihn mit Tee. Das heiße Getränk schien ihm gut zu tun, denn sein Zittern ließ ein wenig nach.

„Sollen wir nicht doch lieber Dr. Baines rufen?", schlug mein Bruder vor, aber Joe protestierte wenig überzeugend, das sei nicht nötig.

Als Sam widersprechen wollte, legte ich ihm die Hand auf den Arm, um ihn zum Schweigen zu bringen.

„Na schön, wie du meinst", gab ich nach, „aber wenn es dir morgen nicht besser geht, werden wir ihn holen, ob es dir passt oder nicht."

Joe seufzte. „Ich gebe mich geschlagen. Diesen Tonfall kenne ich schon von deiner Mutter, da ist Widerspruch zwecklos."

Er ließ den Kopf auf das Kissen sinken, und einen Augenblick lang dachte ich, er sei im Begriff einzuschlafen. Ich stieß Sam mit dem Ellbogen an; er erhob sich, und ich wollte ihm folgen, als Joe sich plötzlich wieder aufrichtete und mich am Handgelenk packte.

„Geht nicht über das Moor!", stieß er heiser hervor. „Dort draußen lauert der Nebel, und wenn ihr ihm zu nahe kommt, wird er euch verschlingen!"

Diesmal war es Sam, der als erster reagierte.

„Joe", sagte er sanft und versuchte vorsichtig, die Hand des alten Webers von meinem Arm zu lösen, „da draußen ist kein Nebel, sondern strahlender Sonnenschein. Du hast bestimmt nur geträumt. Schlaf jetzt ein bisschen, morgen fühlst du dich sicher schon wieder besser."

„Sam hat recht", pflichtete ich meinem Bruder bei. „Ein bisschen Ruhe wird dir gut tun. Nachher kommt noch mal einer von uns vorbei, um nach dir zu schauen. Brauchst du bis dahin noch irgendwas?"

Joe schaute sich um. Er wirkte noch immer ziemlich aufgebracht, doch nach einer Weile beruhigte er sich allmählich. „Nein, ich glaube nicht. Und jetzt seid mir bitte nicht böse, aber ich möchte ein bisschen Ruhe haben. Richtet bitte eurer Mutter meinen Dank aus."

„Das machen wir", versprach ich. Dann schüttelte ich ihm das Kissen auf und deckte ihn bis zum Kinn zu.

Mir war nicht ganz wohl bei dem Gedanken, ihn allein zu lassen, aber ich respektierte seinen Wunsch. Es konnte ja jederzeit jemand nach ihm schauen und sich vergewissern, dass wirklich alles in Ordnung war.

„Der arme Joe war ja eben völlig außer sich", stellte ich fest, als wir die Tür hinter uns zugezogen hatten.

Sam nickte. „Was er über diesen Nebel gesagt hat, hat mir wirklich Angst eingejagt. Wenn ich nicht sicher wäre, dass er im Fieber gesprochen hat, würde ich heute Nacht bestimmt kein Auge zutun."

„Ich auch nicht", erwiderte ich. „Meinst du, wir sollen Mum und Dad davon erzählen?"

Sam überlegte einen Moment. „Ich denke nicht. Leute, die Fieber haben, reden schließlich oft eine Menge Unsinn. So wie Johnny im letzten Winter, erinnerst du dich?"

„O ja, nur zu gut", erwiderte ich. Damit war die Sache also beschlossen, und wir legten den Rest des Weges schweigend zurück.

An jenem Abend konnte ich lange nicht einschlafen, denn Joe Wilkersons seltsame Worte gingen mir nicht aus dem Kopf. Waren sie wirklich nur der Ausdruck eines Fiebertraums, oder steckte mehr dahinter?

Ich war todmüde, war aber trotzdem hellwach, und obwohl es weder draußen noch in meinem Zimmer wirklich kalt war, fror ich selbst unter meiner warmen Winterdecke.

Draußen erklang ein Rascheln, das ich zuerst für das Geräusch irgendeines Tieres hielt. Doch dann verwandelte es sich in ein schleifendes, raues Kratzen, das eindeutig nicht von einem Lebewesen verursacht wurde.

Aus mir unerfindlichen Gründen jagte mir dieses Geräusch entsetzliche Angst ein. Doch ich traute mich nicht, zum Fenster zu gehen und hinauszuschauen; stattdessen lag ich mit hämmerndem Herzen im Bett und wagte mich kaum zu rühren.

Auf einmal verstummte es, und ich atmete schon erleichtert auf. Doch dann hörte ich es wieder, diesmal direkt unter meinem Fenster. Am liebsten hätte ich vor Angst aufgeschrien, doch ich fürchtete, so die Aufmerksamkeit der Kreatur, die dort draußen lauerte, auf mich zu ziehen. Nach einer schier endlos erscheinenden Weile verstummte das Geräusch schlagartig, doch ich war immer noch so aufgeregt, dass ich keine Ruhe fand.

Irgendwann schlief ich trotz allem ein, und als ich am nächsten Morgen aufwachte, fühlte ich mich wie zerschlagen. Mein Nacken war steif, und mein Kopf schmerzte, sodass ich eine ganze Weile brauchte, um mich zurechtzufinden. Ich trat noch im Nachthemd ans Fenster und öffnete es weit, in der Hoffnung, dass die kalte Luft mich beleben würde. Tatsächlich fühlte ich mich dadurch ein kleines bisschen wacher, also wusch ich mich, zog mich an und ging nach unten.

Meine Eltern waren bereits auf. Wie jeden Morgen hatte Mutter Porridge für uns alle gemacht. Als ich den Raum betrat, kam Vater gerade mit einem Eimer Kohlen zur Tür herein. Mutter dankte ihm, aber er winkte lächelnd ab. „Es ist doch nur selbstverständlich, dass ich meinem alten Mädchen ab und zu ein bisschen helfe."

Mutter kam um den Tisch herum und baute sich vor ihm auf, die Hände in die Hüften gestemmt. „Ich gebe dir gleich ‚altes Mädchen', Tom Nicholls!", drohte sie scherzhaft. Vater hob lachend die Hände und setzte sich auf seinen Platz.

Ich ging nach draußen zum Abtritt; als ich wiederkam, stellte ich fest, dass auch meine Brüder mittlerweile auf waren.

Nachdem ich mich auf meinen gewohnten Platz gesetzt hatte, betrachtete ich die Schüssel mit Porridge, die Mutter vor mich hingestellt hatte. Eigentlich mochte ich es sehr gerne, doch heute hatte ich das Gefühl, als könnte ich keinen Bissen herunterbringen. Sie sagte etwas zu mir, aber ich reagierte erst, als sie mich am Arm packte und sanft schüttelte. „Was um Himmels willen ist mit dir los, Becky? Bist du etwa auch krank?"

Ich schüttelte den Kopf. Zuerst dachte ich daran, von Joes seltsamen Worten und meinem nächtlichen Erlebnis zu erzählen, doch dann entschied ich mich dagegen. Es war sicher nur ein Alptraum gewesen; kein Grund also, die anderen deswegen zu beunruhigen.

„Es ist nichts, ich habe nur nicht besonders gut geschlafen und lauter komisches Zeug geträumt", erklärte ich.

Mutter betrachtete mich zweifelnd.

„Bist du sicher, dass es dir gut geht?"

„Ja", gab ich mit einem plötzlichen Anflug von Gereiztheit zurück. Glücklicherweise beschloss sie, das Thema nicht weiter zu verfolgen, sondern wandte sich anderen Dingen zu.

Ich zwang mich, einen Löffel Porridge zu probieren, und stellte dabei fest, dass ich doch noch Appetit entwickelte.

„Ich werde nachher mal nach Joe sehen", verkündete Mutter, als wir mit dem Frühstück fertig waren.

„Das ist eine sehr gute Idee", lobte Vater. „Der arme Kerl hat ja sonst niemanden, der sich um ihn kümmert."

„Ich denke, ich werde eine Weile bleiben und sehen, wie sich die Dinge entwickeln", erklärte sie. „Als ich gestern Abend bei ihm war, schien es ihm einigermaßen zu gehen, aber man weiß ja nie."

Ich wusch das Geschirr ab, während Mutter alles zusammenpackte, was sie für Joe mitnehmen wollte. Meine Gereiztheit von eben war genauso schnell verflogen, wie sie gekommen war, und mit einem ordentlichen Frühstück im Magen fühlte ich mich besser.

„Wir haben kein James' Powder mehr", stellte sie fest. „Wenn er immer noch Fieber hat, kann er es gut gebrauchen. Wärst du wohl so nett, in die Apotheke nach Huddersfield zu gehen und welches zu kaufen? Ich würde Mary bitten, aber ihr Fuß ist immer noch nicht in Ordnung."

Mary Thorpe, ein Mädchen aus der Nachbarschaft, half uns ab und zu aus, aber da sie sich vor zwei Wochen böse den Fuß verstaucht hatte, war sie im Moment weitestgehend außer Gefecht. Ich erwiderte, dass es mir nichts ausmachte, diesen Gang für Mutter zu erledigen. Schließlich war es ja nicht weit, und ich ging gerne zu Fuß. Ich steckte das Geld in die Schürzentasche und versprach, so schnell wie möglich zurück zu sein.

Obwohl es tagsüber noch recht warm war, spürte man morgens und abends schon die Kühle des herannahenden Herbstes. Ein paar späte Blüten der Kohlrose in unserem Garten verbreiteten einen Duft, der mir im Herbst immer schon so anders vorgekommen war als der, den sie im Sommer verströmten – schwer, süß und irgendwie melancholisch, so als spürten sie, dass ihre Zeit bald vorbei sein würde.

Ich ging die Straße entlang in Richtung des Flusses Calder, dem ich folgte, bis ich die an seinem Ufer gelegene Walkmühle erreichte. Einer der Männer, die dort arbeiteten, war gerade dabei, das Wehr zu öffnen, um damit das Mühlrad in Gang zu setzen. Da wir uns vom Sehen kannten, winkte er mir zu, und wir wechselten ein paar Worte. Zum Abschied trug er mir auf, meine Eltern zu grüßen. Ich versprach, das zu tun, dann setzte ich meinen Weg fort.

Etwa eine Stunde später erreichte ich die Stadt, wo ich das Gewünschte glücklicherweise sofort bekam. Anschließend machte ich mich auf den Heimweg, in der Hoffnung, dass es noch nicht zu spät war – ich wusste ja nur zu gut, dass bei manchen Leuten das Fieber eine überraschende und dramatische Wendung nehmen konnte, besonders wenn sie noch sehr jung waren oder schon älter wie der arme Joe.

Über dem Fluss bemerkte ich einen Dunstschleier, so wie er im Herbst frühmorgens oft zu beobachten ist, wenn nach einer feuchten, kühlen Nacht die Sonne herauskommt und den Boden und das Wasser wärmt. Plötzlich jedoch verdichtete sich der Dunst zu einem scharf abgegrenzten, fast genau walzenförmigen Gebilde, das aussah wie eine dicht über dem Boden hängende Regenwolke. Normalerweise hätte ich mich zwar gewundert, so spät an einem sonnigen Vormittag noch Nebel zu sehen, aber keinen zweiten Gedanken daran verschwendet und gedacht, das sei eines dieser seltenen Naturphänomene, über die das *Gentleman's Magazine* so gerne berichtete. Doch jetzt jagte mir diese Erscheinung eine Heidenangst ein.

Als habe der Nebel meine Gedanken gelesen, änderte sich seine Farbe plötzlich vom gewöhnlichen Weiß zu einem düsteren Violett, und in seinem Inneren schienen sich Wirbel von noch viel dunklerer Farbe zu bilden. Eine eisige Kälte ging von ihm aus und drang mir bis ins Mark. Ich wollte den Blick abwenden und weglaufen, doch ich konnte mich eine mir endlos scheinende Weile lang nicht rühren. Endlich schaffte ich es aber, mich loszureißen und so schnell ich konnte weiterzugehen.

Als ich die Walkmühle passiert hatte, drehte ich mich um, konnte aber nichts Außergewöhnliches mehr entdecken.

Nichtsdestotrotz beschleunigte ich meine Schritte noch weiter, und als ich bei Joes Häuschen ankam, war ich abgehetzt und verschwitzt.

Mutter war gerade dabei, Wasser aus dem Brunnen zu schöpfen, als ich ankam.

„Meine Güte, Kind, du siehst ja aus, als wärst du die ganze Strecke gerannt. Was ist los mit dir?"

„Nichts, alles ist bestens. Ich ... ich habe mich nur beeilt, weil ich wollte, dass Joe seine Medizin so schnell wie möglich bekommt."

Ich zog die Flasche mit dem James' Powder, dem Antimonpulver, das wir damals als Fiebermedizin verwendeten, aus der Schürzentasche und reichte sie ihr. Ich weiß nicht, warum, aber ich konnte es einfach nicht über mich bringen, Mutter von meinem seltsamen Erlebnis zu erzählen. Sie hätte mich sicher für verrückt gehalten. Selbst ich hielt es mittlerweile für überreizte Fantasie, hervorgerufen durch den Schrecken, den mir Joe am Vortag eingejagt hatte.

„Wie geht es ihm?", erkundigte ich mich, während ich den einen Eimer in einen großen Tonkrug leerte.

„Etwas besser als gestern, würde ich sagen", erwiderte Mutter. „Er hat zwar immer noch Fieber, aber er hat ein paar Bissen gegessen und danach bis gerade eben geschlafen. Ich muss sagen, er ist ein recht angenehmer Patient, nicht so wie unser Sam."

Ich wusste nur zu gut, was sie meinte – normalerweise war mein großer Bruder gutmütig und geduldig, aber wenn ihm etwas fehlte, konnte er so unleidlich sein wie ein unausgeschlafenes Kleinkind.

Joe war wach, als wir an sein Bett traten. Er wirkte ein wenig munterer als gestern, was mir Hoffnung machte.

„Becky hat dir Medizin gebracht", erläuterte Mutter. Sie ging zum Feuer, über dem ein kleiner Topf mit Weidenrindentee hing, schöpfte etwas davon in einen Becher und rührte eine kleine Prise des Pulvers hinein. „Ich weiß, es schmeckt scheußlich", sagte sie, „aber es muss sein."

Manche Leute dosierten das James' Powder so hoch, dass der Patient sich übergab, weil sie glaubten, das habe eine reinigende Wirkung. Mutter hielt das jedoch für Unsinn und hielt deswegen die Dosis so gering, dass der Kranke lediglich zu schwitzen begann.

Joe trank widerspruchslos den Tee, dann aß er auf Mutters Drängen hin noch ein paar Löffel Porridge.

„Können wir dich jetzt noch mal ein Weilchen allein lassen?", fragte sie anschließend. „Becky und ich wollen Pfannkuchen für unsere Scherer machen, weil sie heute über Mittag in der Werkstatt bleiben. Wir könnten dir später auch ein paar vorbeibringen, wenn du möchtest."

Joe sagte, das sei eine gute Idee. Nachdem wir uns nochmals davon überzeugt hatten, dass er alles Nötige zur Verfügung hatte und ein paar Stunden ohne uns auskommen würde, machten wir uns auf den Heimweg.

Normalerweise gingen unsere Scherer zum Mittagessen nach Hause, doch da übermorgen Samstag war, wollten sie noch so viel Tuch wie möglich fertigbekommen – auch wenn die Chancen, etwas zu verkaufen, in letzter Zeit nicht so gut standen wie früher.

Mutter und ich backten also eine große Menge Pfannkuchen, und als wir fertig waren, stapelte sie sie auf einem Teller, gab mir ein Schälchen mit Zucker und trug mir auf, alles in die Werkstatt zu bringen.

Als ich eintrat, war Johnny gerade dabei, eine auf dem dafür vorgesehenen Rahmen aufgespannte Tuchbahn aufzurauen, während Sam und Billy einen weiteren Ballen zum Anfeuchten vor dem Rauen auf dem Boden ausrollten.

Billy stieg über den ausgebreiteten Stoff, um die Gießkanne zu holen, stolperte dabei und stieß mit Sam zusammen. „Entschuldige bitte", murmelte er verlegen, „ich habe letzte Nacht kaum geschlafen, deswegen bin ich heute nicht ganz bei der Sache."

Sam klopfte ihm auf die Schulter und machte eine anzügliche Bemerkung darüber, womit sein Kollege wohl die Nacht verbracht hatte, doch als er meine Anwesenheit bemerkte, verstummte er jäh und schaffte es sogar, ein bisschen verlegen dreinzuschauen.

Ich tat jedoch so, als habe ich nichts gehört – schließlich war ich ja an die Art und den Humor unserer Tuchscherer gewöhnt -, durchquerte den Raum und stellte Teller und Zuckerschüssel auf die Fensterbank.

Dann ging ich ins Kontor, um Vater Bescheid zu sagen, dass es Essen gab.

„Ich komme gleich", erklärte er. „Ich muss nur noch ein paar Dinge erledigen." Halb versteckt unter dem Hauptbuch auf seinem Schreibtisch bemerkte ich eine Liste mit Namen, und mir ging auf, dass das nichts Gutes bedeuten konnte.

Ich kehrte in die Werkstatt zurück, wo Sam und Billy gerade damit fertig geworden waren, den angefeuchteten Stoff in einen weiteren Rahmen einzuspannen. Sie saßen daneben auf zwei Schemeln und aßen; ich holte mir ebenfalls einen Schemel und einen Pfannkuchen und gesellte mich zu ihnen.

Da Billys Bemerkung von eben meine Neugier geweckt hatte, sprach ich ihn darauf an.

„Was genau mich wachgehalten hat, kann ich nicht sagen", erklärte er, „aber ich erinnere mich an ein seltsames Geräusch – eine Art Kratzen oder Schleifen. Als ich nach draußen ging, um nachzusehen, habe ich auf einmal eine furchtbare Kälte gespürt."

Er hielt einen Moment lang inne, so als müsse er überlegen, wie er seine Gedanken in Worte fassen sollte.

„Es war nicht die Art, die man im Winter spürt, oder wenn man Fieber hat. Es mag verrückt klingen, aber es war mehr wie eine Kälte im Inneren, in der Seele ..."

Ich nickte; was er über die Geräusche sagte, war eine hervorragende Beschreibung für das, was ich letzte Nacht gehört hatte. Als ich mein Erlebnis schilderte, sagte Billy, das sei exakt das, was er auch gehört habe. Also hatte ich es mir wohl doch nicht nur eingebildet – ein nicht gerade beruhigender Gedanke.

„Komisch, ich habe überhaupt nichts mitbekommen", wunderte sich Sam.

„Das überrascht mich nicht", spottete Billy. „Du würdest ja auch den Jüngsten Tag verschlafen."

Johnny, der mit dem Rauen seiner Stoffbahn fertig war, setzte sich ebenfalls zu uns.

„Wohl wahr", stimmte er zu. „Oder du würdest es nicht merken, weil du immer so unglaublich laut schnarchst."

Sam streckte ein Bein aus und versetzte unserem Bruder einen spielerischen Tritt gegen das Schienbein.

„Es grenzt an ein Wunder, dass ich überhaupt noch schlafen kann. Sein Zimmer mit einem Wesen von solch strahlender Schönheit zu teilen ist wirklich nicht einfach."

Johnny boxte Sam gegen den Arm, dann fingen beide an zu lachen.

Jetzt kam auch Vater aus dem Kontor. Er strich über den Stoff, den Johnny vorhin bearbeitet hatte, und klopfte seinem Jüngsten auf die Schulter. „Gut gemacht, mein Junge." Dann nickte er Rowland, der gerade einer Tuchbahn den dritten und letzten Feinschnitt verpasste, anerkennend zu.

„Vielen Dank, Jungs, ich rechne es euch hoch an, dass ihr euch heute so ins Zeug legt, damit wir fertig werden. Ich wünschte, ich könnte euch helfen, aber diese Zeiten sind vorbei." Er warf einen Blick auf sein verkrümmtes Handgelenk und seufzte leise.

„Das tun wir doch gerne, Tom", versicherte Rowland. Die anderen pflichteten ihm bei.

Nebenan hatten Jemmy und Martin gerade eine Tuchbahn in die Presse gelegt. Stoffe von höchster Qualität wurden nach dem letzten Scheren bis zu vierundzwanzig Stunden lang mit großen Gusseisenplatten beschwert, um eine wirklich perfekt glatte und glänzende Oberfläche zu erhalten. Auch die fertigen Ballen wurden mit Hilfe einer Spindelpresse in Form gebracht, damit sie kompakter und leichter zu transportieren waren.

Als hätten sie gewittert, dass es etwas zu essen gab, kamen die beiden jetzt in den Scherraum und machten sich sogleich über die Pfannkuchen her. Kurz danach erschien auch Toby, der frisches Wasser zum Anfeuchten aus der Zisterne geschöpft hatte. Mir schnürte es das Herz zusammen, als ich in die Runde schaute. Wie lange würden wir wohl noch alle hier in unserer üblichen vertrauten Runde beisammen sein? Bei dem Gedanken hätte ich weinen können.

Doch zum Glück kam Mutter in diesem Moment in die Werkstatt und lenkte mich von meinen Grübeleien ab. Sie brachte einen großen Krug Buttermilch und Becher für alle mit und verkündete, dass es heute Abend nach der Arbeit etwas von dem selbstgebrauten Ale ihrer Freundin Alice Stephens geben würde. Diese Ankündigung wurde natürlich mit großer Begeisterung aufgenommen.

Glücklicherweise zeigte sich, dass unsere Sorge um Joe unbegründet war. Er erholte sich stetig und war nach zehn Tagen wieder auf den Beinen.

Das Leben ging seinen gewohnten Gang. Schon bald hatte ich die Sache mit dem seltsamen Nebel so gut wie vergessen, denn eine sehr viel realere Bedrohung entstand uns dadurch, dass Cartwright in Cleckheaton und

Horsfall in Marsden weitere Schermaschinen in ihren Fabriken aufstellen ließen und so den örtlichen Markt mit billigem Tuch von schlechterer Qualität überschwemmten.

Sam brachte immer öfter nicht nur einen oder zwei unverkaufte Tuchballen vom Markt zurück; an manchen Tagen war es sogar fast die Hälfte.

„Allmählich macht es keinen Spaß mehr", stellte er niedergeschlagen fest, als er einmal mehr einen großen Teil der Ware nicht losgeworden war.

Aber natürlich musste es trotzdem irgendwie weitergehen, also beluden Sam und Johnny auch am folgenden Montagabend wieder den Wagen mit den für den Transport in Leintücher eingenähten Ballen.

Diesmal sollte Johnny mitkommen. Er war schon ganz aufgeregt und plapperte wie ein Wasserfall - jedenfalls so lange, bis Sam sagte, er würde ihn im Mühlteich abkühlen, wenn er nicht den Mund hielt. Normalerweise hätte er zum Zeitvertreib während der Fahrt sein Strickzeug mitgenommen, denn da Moth den Weg nach Huddersfield und zurück in- und auswendig kannte, brauchte Sam die Zügel lediglich zwischen Knien und Ellbogen einzuklemmen und hatte die Hände frei. Diesmal ließ er es jedoch zu Hause, weil er seinen Bruder zur Gesellschaft hatte.

Die Mehrzahl der Strickwaren wurden natürlich in den entsprechenden Manufakturen und Fabriken maschinell hergestellt, doch bei uns in Yorkshire gab es immer noch viele Männer und Frauen, die Strümpfe, Handschuhe, warme Unterhemden und dergleichen von Hand strickten, entweder als Nebenerwerb oder als Freizeitbeschäftigung. Sam hatte einmal gesagt, dass ihn das entspanne und eine angenehme Abwechslung zu seiner täglichen Arbeit sei.

„Wenn ich beim Stricken einen Fehler mache, kann ich alles einfach wieder aufziehen. Aber wenn ich beim Scheren nicht aufpasse, ist der Stoff ruiniert, und Dad zieht mir das Fell über die Ohren."

Eine solche Reaktion wäre natürlich verständlich gewesen, denn der Wertverlust bei einem fehlerhaften Tuch ist enorm; Vater wäre allerdings nie ausfallend oder auch nur laut geworden. Er hätte den Betreffenden nur vorwurfsvoll angesehen, was auf eine gewisse Art und Weise noch viel unangenehmer war.

Wie immer war Sam am Dienstagmorgen schon lange vor uns aufgestanden, um Moth besonders sorgfältig zu striegeln und ihr eine doppelte Portion Hafer als Vorbereitung auf ihr anstrengendes Tagewerk zu geben.

Jetzt kam er fröhlich pfeifend in die Küche, wo er sich zu uns an den Tisch setzte.

Nachdem wir gefrühstückt hatten, erhob sich Sam und packte Johnny am Arm, der zum letzten Mal den Sitz seiner Frisur vor dem Spiegel kontrollierte.

„Komm schon, Narzissus, du bist schön genug. Wir müssen jetzt los!"

„Lass ihn doch", sagte Vater. „Als ich in seinem Alter war, war ich auch so ein eitler Pfau. Glaub mir, das wächst sich schon noch aus."

Sam zog die Augenbrauen hoch, sagte aber nichts.

Als die beiden am späten Nachmittag zurückkamen, stellten wir erleichtert fest, dass sie diesmal nicht ganz so viel Ware mit zurückgebracht hatten wie beim letzten Mal. Dennoch war Sam ziemlich still und nachdenklich.

„In der Tuchhalle habe ich gehört, dass einige Strumpfwirker in Nottingham aufbegehrt und Maschinen zerstört haben", berichtete er beim Essen. „Sie nennen sich Ludds oder Ludditen, wenn ich das richtig verstanden habe."

„Was für ein seltsamer Name", sagte Mutter. „Hat er irgendeine Bedeutung?"

Sam nickte und nahm einen Schluck Bier. „Ja, es soll einen Weber oder Strumpfwirker namens Ned Ludd geben, der in einem Wutanfall einen Strumpfwirkerstuhl zerschlagen hat, und der ist angeblich ihr Anführer."

Vater fischte ein Stück glühender Kohle aus dem Feuer und zündete damit seine Pfeife an.

„Um ehrlich zu sein, kann ich diese Leute ein wenig verstehen", sagte er. „Mir graut es schon vor dem Tag, an dem ich einigen unserer Weber und Scherer mitteilen muss, dass ich sie nicht länger beschäftigen kann. Und wenn es so weitergeht wie bisher, wird das wohl eher passieren, als mir lieb ist. Ihre Freude darüber wird sich wohl auch in Grenzen halten."

Johnny schaute Vater besorgt an. „Aber Dad, warum sollte ich denn noch meine Lehre beenden, wenn die Dinge so schlecht stehen? Wäre es nicht besser, ich ginge auch in eine Fabrik in Huddersfield oder ich lernte bei Cartwright oder Horsfall, wie man diese Maschinen bedient?"

Vater schüttelte langsam den Kopf. „Das halte ich für keine gute Idee. Die Arbeitsbedingungen dort sind sehr hart und die Bezahlung schlecht, und besonders Cartwright hat keinen guten Ruf. Vielleicht besinnen sich die Leute eines Tages doch noch und lernen wieder, gute Qualität zu schätzen. Mit ein bisschen Glück wird unser Handwerk wieder genauso gefragt sein wie früher …"

Er unterbrach sich und schaute zum Fenster hinaus, um seine Verlegenheit zu überspielen. Zum Glück war Johnny noch jung und unerfahren genug, um aus Vaters Worten Zuversicht zu schöpfen, doch Mutter, Sam und mich konnte er nicht überzeugen.

Nach dem Frühstück am nächsten Tag ging Mutter in den Stall, um unsere Tiere zu füttern und unsere Kuh Primrose zu melken. Vor ein paar Wochen hatte Primrose ein Kalb bekommen; da wir hofften, dass es genauso eine gute Milchkuh werden würde wie seine Mutter, hatten wir uns entschlossen, es zu behalten und aufzuziehen. Johnny hatte sich einen Namen ausdenken dürfen, und nachdem „Roastbeef", sein nicht völlig ernst gemeinter erster Vorschlag, beim Rest der Familie nicht auf Gegenliebe gestoßen war, hatte er sich für „Buttercup" entschieden.

Da ich Mutter bei dieser Arbeit nicht helfen konnte, ging ich in die Manufaktur, um zu spinnen.

Früher hatten wir von Hand gesponnen, aber seit vier Jahren benutzten wir dafür eine Maschine, eine Spinning Jenny mit zehn Spulen. Vater hatte sie günstig von einem Bekannten erworben, der seinen Betrieb erweiterte, und obwohl sie recht klein und altmodisch war, war sie dennoch eine große Arbeitserleichterung. Mit ihrer Hilfe konnten wir in kürzerer Zeit mehr Schussgarn für unsere Weber produzieren, was ihnen wiederum half, ihre wöchentliche Produktion zu steigern.

Am Anfang war es eine große Umstellung gewesen. Ich hatte mehr als einmal die Geduld verloren, wenn der Faden riss, doch seit wir uns an die Eigenheiten unserer „Jenny" gewöhnt hatten, kam das so gut wie nicht mehr vor. Mittlerweile wollten wir nicht mehr auf sie verzichten.

Als ich die Manufaktur erreichte, standen Vater und die anderen auf dem Hof und redeten wild durcheinander. Beim Näherkommen bemerkte ich zu meiner Überraschung, dass auch Agnes und William Buckley, die Eltern unseres zweiten Lehrlings, bei ihnen waren.

Ich wandte mich an Jemmy, den ersten, dem ich begegnete.

„Was ist los? Ist irgendetwas passiert?"

„Ich fürchte schon", erwiderte Jemmy bedrückt. „Toby ist heute nicht zur Arbeit erschienen. Wir haben uns schon gewundert, denn wenn er krank ist, sagen seine Eltern immer Bescheid. Johnny wollte gerade loslaufen und nachfragen, als die beiden schon auf den Hof kamen. Die Ärmsten waren völlig aufgelöst und fragten, ob wir ihren Sohn gesehen hätten. Er hat wohl gestern nach der Arbeit einen Freund besucht, aber als ihn seine Mutter heute Morgen wecken wollte, war er nicht in seinem Bett."

Jemmy hatte selbst Kinder, und da er und seine Frau vor einem knappen halben Jahr ihre jüngste Tochter, die vierjährige Sally, verloren hatten, war es verständlich, dass ihm die Sache sehr naheging.

Inzwischen hatte auch Vater mich entdeckt. Er kam auf mich zu, gefolgt von den Buckleys.

„Ich sehe, Jemmy hat dir schon erzählt, was los ist. Es ist nicht Tobys Art, einfach so zu verschwinden, deswegen haben wir beschlossen, ihn zu suchen. Wir fürchten, ihm könnte etwas zugestoßen sein."

„Kann es denn nicht sein, dass er nur irgendeine Dummheit gemacht hat und sich deswegen nicht nach Hause traut?", fragte ich.

Agnes Buckley schüttelte den Kopf. „Nein, das glaube ich nicht. Ich habe so eine Ahnung, dass ihm etwas Schlimmes passiert ist." Sie begann zu schluchzen, und ihr Mann nahm sie in die Arme.

„Wir werden unser Möglichstes tun, um ihn zu finden", versprach Vater. „Wie können wir denn einfach unserem Tagewerk nachgehen, wenn er vielleicht unsere Hilfe braucht?" Die Buckleys boten an, uns bei der Suche zu unterstützen, doch Vater lehnte dankend ab.

„Es ist besser, wenn ihr zu Hause bleibt. Vielleicht kommt er ja irgendwann von allein zurück. Es wäre gut, wenn dann jemand da ist."

Ich ahnte, was er unausgesprochen ließ – nämlich, dass die beiden uns in ihrem momentanen Gemütszustand ohnehin keine große Hilfe sein würden.

Seinem Gesicht war die Besorgnis und Anspannung deutlich anzusehen, doch er versuchte, das nicht zu zeigen.

„Wir sollten uns in Gruppen aufteilen", ordnete er an. „Martin und Rowland, ihr sucht die Gegend von hier bis zum Fluss ab." Die Angesprochenen nickten, und Martin erbot sich, seinen Bruder Francis, den Schmied unseres Dorfes, ebenfalls bei der Suche einzuspannen.

„Gute Idee", lobte Vater. „Johnny, du kommst mit mir. Billy, du kannst mit Martins Bruder in Richtung Moor gehen. Jemmy und Sam, ihr nehmt die Straße nach Cleckheaton unter die Lupe."

„Lasst mich euch helfen", erbot ich mich.

„In Ordnung", sagte Vater. „Du kannst dich Jemmy und Sam anschließen. Vergesst aber nicht, bei Mutter vorbeizuschauen und ihr Bescheid zu sagen, damit sie sich keine Sorgen macht."

Wir nickten und zogen los. Als Mutter hörte, was passiert war, bot sie an, sich mit einigen ihrer Freundinnen ebenfalls an der Suche zu beteiligen.

„Wenn ich mir vorstelle, dass das unser Johnny wäre ...", murmelte sie, als sie ihr Schultertuch holte.

Bei dem Gedanken lief es mir eiskalt über den Rücken, und auch Sam zuckte zusammen.

Wir gingen zur Manufaktur zurück, um Vater von Mutters Entschluss zu berichten. Inzwischen war auch Martin zurück; er hatte nicht nur seinen Bruder mitgebracht, sondern auch Jemmys hoch aufgeschossenen ältesten Sohn Jonas, der bei seinem Bruder in die Lehre ging. Toby und er waren von klein auf befreundet, daher ließ er es sich nicht nehmen, bei der Suche zu helfen.

Jemmy, Sam und ich liefen die Straße entlang und nahmen auch die Büsche und Hecken zu beiden Seiten in Augenschein, doch stets ohne Erfolg.

An einer Stelle machte die Straße eine scharfe Kurve; Sam, der uns ein Stückchen vorausgeeilt war, blieb abrupt stehen und deutete mit entsetztem Gesicht in eine Brombeerhecke zur Linken, wobei er etwas sagte, das ich wegen der Entfernung nicht verstehen konnte.

Jemmy und ich eilten herbei, um zu sehen, was ihn so aus der Fassung gebracht hatte. Als ich Sams Fingerzeig mit dem Blick folgte, entdeckte ich im Unterholz etwas, das ich zuerst für ein Bündel Kleider hielt. Doch als ich genauer hinschaute, begriff ich, dass es sich bei seinem Fund um die sterblichen Überreste eines Menschen handelte.

Mit bis zum Hals schlagendem Herzen trat ich näher, um sie mir genauer anzusehen. Es war ein Junge oder ein junger Mann, dessen Arme vor dem Gesicht verschränkt waren, so als habe er sich in seinen letzten Minuten heftig gegen irgendetwas gewehrt oder versucht, seinen Kopf zu schützen. Seine Haut war aschgrau, und als ich vorsichtig eine der Hände berührte, spürte ich, dass sie hart wie Leder war. Der Körper war vollkommen ausgetrocknet, so als habe er tage-oder wochenlang in der Sonne gelegen. Die Gesichtszüge waren nicht mehr auszumachen, doch wir erkannten an der Kleidung und den roten Haaren, dass es sich bei dem Toten um unseren Lehrling Toby handelte.

„Großer Gott!", hauchte Sam. Jemmy und er waren kreidebleich geworden, und ich vermutete, dass ich nicht besser aussah.

Meine Knie gaben nach, sodass ich mich setzen musste. Jemmy tat es mir nach, aber Sam blieb wie erstarrt stehen.

„Was um alles in der Welt ist ihm nur zugestoßen?", murmelte er kopfschüttelnd. „Und was sollen wir bloß seinen armen Eltern sagen?"

Ich weiß nicht, wie lange wir so verharrten, geschockt und unfähig, klar zu denken. Doch irgendwann erhob sich Jemmy und erklärte, er wolle eine Decke holen. „Schließlich müssen wir ihn ja irgendwie nach Hause bringen", fügte er mit zitternder Stimme hinzu.

Auch ich erhob mich. Einem Impuls folgend umarmte ich Sam, der seinerseits seine Arme um mich legte, um mich fest an sich zu drücken. Als wir noch sehr klein gewesen waren, hatten wir mit unseren Eltern den Markt in Huddersfield besucht und sie im Gedränge aus den Augen verloren. Genauso hatten wir uns damals aneinandergeklammert und verängstigt dagestanden, bis eine freundliche ältere Frau sich unser angenommen hatte. Sie hatte es irgendwie geschafft, unsere Eltern zu finden und uns ihnen zurückzubringen. Jetzt empfand ich ein ähnliches, aber viel stärkeres Gefühl von Hilflosigkeit und Verlorenheit, doch diesmal würde uns wohl keiner beistehen.

Nach einer gefühlten Ewigkeit kam Jemmy zurück. Er berichtete, er habe unterwegs unsere Mutter und zwei ihrer Freundinnen getroffen und sie über unseren Fund unterrichtet.

„Sie wollen zu den Buckleys gehen, um sie schonend darauf vorzubereiten", ergänzte er mühsam beherrscht. „Darüber bin ich sehr froh. Ich glaube, das wäre mir noch viel schwerer gefallen als das hier."

„Nicht nur dir", erwiderte Sam. „Ich hätte sowieso nicht die richtigen Worte gefunden und dadurch alles noch viel schlimmer gemacht. Dafür habe ich ein wirkliches Talent."

Er stieß ein kurzes, freudloses Lachen aus. Dann half er Jemmy, die Decke auszubreiten und das, was von dem unglücklichen Toby übrig geblieben war, vorsichtig darauf zu betten. Nachdem ich den Leichnam so gut wie möglich mit meinem Schultertuch zugedeckt hatte, machten wir uns mit unserer traurigen Last auf den Weg zurück zum Dorf.

Als wir das Haus der Buckleys erreichten, hielten wir vor der Tür inne.

„Einer von uns sollte jetzt vielleicht hineingehen und Bescheid sagen, dass wir da sind", stellte ich fest.

„Eigentlich sollte ich das wohl tun, weil ich der Älteste von uns bin", erwiderte Jemmy. „Aber ... verdammt noch mal, ich kann es einfach nicht!" Er presste die Lippen zusammen und schaute zu Boden. „Haltet mich ruhig für einen Feigling ..."

Seine Stimme brach, und ich sah, dass er den Tränen nahe war.

Sam legte ihm eine Hand auf den Arm. „Schon gut, Jemmy. Wir gehen zusammen, dann schaffen wir es schon irgendwie."

Auch er wirkte ziemlich aufgewühlt.

Jemmy nickte stumm. Ich griff nach seiner Hand und drückte sie leicht. Er warf mir einen dankbaren Blick zu, dann traten wir gemeinsam über die Schwelle.

Agnes Buckley saß weinend auf der Küchenbank, das Gesicht in den Händen verborgen, während Mutter neben ihr Platz genommen hatte und ihr sanft über den Rücken streichelte.

Ihr Mann kauerte mit gesenktem Kopf auf der Sitzbank seines Webstuhls. Er weinte nicht, doch er war kreidebleich, und seine Trauer und Verzweiflung war ihm deutlich anzusehen.

„Warum ausgerechnet Toby? Er war doch alles, was wir hatten ...", murmelte er tonlos.

Vater stand neben ihm, die Hand auf seiner Schulter. „Wenn ich das nur wüsste, Will", erwiderte er, offensichtlich genauso erschüttert.

Da keiner der vier von unserer Ankunft Kenntnis genommen hatte, machten wir uns bemerkbar.

„Wir ... wir haben Toby nach Hause gebracht", erklärte Sam. „Er ist draußen ..."

Will Buckley hob den Kopf und schaute uns an; sein Blick schien jedoch durch uns hindurchzugehen. Vater half ihm auf und stützte ihn. „Komm schon, Will", sagte er sanft. „Ich weiß, es wird nicht einfach, aber keine Angst, ich bleibe bei dir."

Wir gingen gemeinsam nach draußen, zuerst Jemmy, Sam und ich, dann Vater und Will, und zuletzt Mutter und Agnes.

Als sie die sterblichen Überreste ihres Sohnes erblickte, schrie Agnes auf und wich erschrocken zurück.

Sofort war Mutter bei ihr und legte ihr den Arm um die Schultern. Will stand da wie betäubt; er war ebenfalls sichtlich geschockt und selbst zum Weinen nicht mehr fähig.

Als sie sich ein wenig gefangen hatte, kniete Tobys Mutter neben seinem Leichnam nieder und berührte seine Wange. „Wer hat dir das bloß angetan? Wer ... oder was?" Ich wünschte, ich hätte den beiden Trost spenden können, doch ich konnte nur dastehen, verdammt zur Tatenlosigkeit.

Der Tag, an dem Toby beerdigt wurde, war warm und sonnig, eine Tatsache, die mir unpassend, ja geradezu ungerecht erschien. Wie konnte die Sonne scheinen und der Himmel so strahlend blau sein, wenn wir jemanden zur letzten Ruhe betteten, der sein ganzes Leben noch vor sich gehabt hatte und auf solch schreckliche und rätselhafte Weise umgekommen war?

Der Tod ihres Sohnes hatte die Buckleys so sehr erschüttert, dass sie kaum in der Lage waren, sich um die Dinge des Alltags zu kümmern. Daher kochten die Frauen der Nachbarschaft abwechselnd für sie, während die Männer sich um das Vieh kümmerten und dafür sorgten, dass die beiden immer genug Brennholz, Kohle und andere Vorräte hatten.

Auf diese Weise hatten wir das Gefühl, wenigstens etwas für die beiden tun zu können, auch wenn ihren Kummer natürlich keiner lindern konnte.

Etwa drei Wochen später besuchten Vater und Mutter am Samstagabend ein befreundetes Ehepaar. Sam war mit John Booth und ein paar anderen Freunden ins Gasthaus „The Shears" in Hightown gegangen und würde vermutlich nicht vor Mitternacht zurück sein. Er war in letzter Zeit oft abends unterwegs, was für ihn eigentlich ungewöhnlich war. Ich hoffte, dass der Grund für sein nächtliches Ausbleiben ein Mädchen war; die einzige andere Erklärung dafür, die mir in den Sinn kam, behagte mir nämlich überhaupt nicht.

An jenem Abend hatten Johnny und ich beschlossen, zu Hause zu bleiben. Nachdem wir zu Abend gegessen hatten, saßen wir noch ein wenig beisammen und unterhielten uns; schließlich gähnte er und verkündete, er wolle jetzt ins Bett gehen. Ich wünschte ihm eine gute

Nacht, räumte den Tisch ab und legte noch eine halbe Schaufel Kohlen nach. Dann zog ich meinen Stuhl näher ans Feuer, um noch ein wenig zu lesen.

Als es dafür zu dunkel wurde, tauschte ich das Buch gegen mein Strickzeug aus. Ich strickte einen Schal als Weihnachtsgeschenk für Mutter und wollte die Gelegenheit nutzen, daran zu arbeiten, während sie nicht da war.

Schließlich wurde ich so müde, dass ich beschloss, ebenfalls ins Bett zu gehen. Ich legte mein Schultertuch um und ging nach draußen, um vorher noch ein wenig die Sterne zu betrachten, wie ich es immer schon gerne getan hatte.

Der Himmel war klar und von jenem tiefdunklen Blau, das im Sommer und Frühherbst immer kurz vor dem eigentlichen Dunkelwerden auftritt. Knapp über dem östlichen Horizont erhellte ihn der zunehmende Mond, neben dem ich den Abendstern ausmachen konnte. Der Schweif des Kometen war jetzt fast zwei Handspannen lang und sah aus wie eine gewaltige weiße Flamme. Sein Anblick erfüllte mich nicht nur mit Ehrfurcht, sondern er jagte mir auch einen leichten Schauder über den Rücken, obwohl ich natürlich wusste, dass er kein Unheilszeichen war.

Ich legte den Kopf in den Nacken und versuchte, mich an all die Sternbilder zu erinnern, die John Booth uns bei seinem letzten Besuch gezeigt hatte. Es war wirklich erstaunlich, wie er seine übliche Schüchternheit ablegte, wenn er sich für ein Thema erwärmte. Da er in solchen Fällen äußerst interessant und lebendig zu erzählen wusste, hatte es Spaß gemacht, ihm zuzuhören. Erfreut stellte ich fest, dass ich einige von ihnen wiedererkannte.

Irgendwann jedoch wurde es unangenehm feucht und klamm, daher beschloss ich, wieder nach drinnen zu gehen. Ich deckte das Feuer ab, bevor ich eine Kerze anzündete, um nach oben zu gehen. Gerade hatte ich den Treppenabsatz erreicht, als sich die Tür zum Zimmer meiner Brüder öffnete und Johnny hinaustrat.

„Ich konnte doch nicht schlafen, also dachte ich, vielleicht schaue ich mir den Kometen und die Sterne an", erklärte er. Das klang im ersten Moment plausibel, doch etwas an seinem Tonfall sagte mir, dass mein Bruder mich anlog. Dennoch tat ich so, als glaubte ich ihm, nickte und ließ ihn vorbei.

Ich ging auf mein Zimmer, blies die Kerze aus und spähte zum Fenster hinaus. Dabei stellte ich fest, dass ich mit meiner Vermutung recht hatte. Johnny schlich über den Hof, wobei er sich immer wieder umschaute. Er blickte auch zu meinem Fenster hoch, doch da ich das Licht gelöscht hatte, konnte er mich nicht sehen. Als er sich außer Sichtweite glaubte, holte er eine Laterne aus dem Schuppen und zündete sie an.

Vorhin war es noch völlig klar gewesen, doch als ich wieder

hinausschaute, stellte ich erschrocken fest, dass der Nebel jetzt fast bis an die Grenze unseres Hofes reichte.

Ich suchte mir ebenfalls eine Laterne und trat in die ungewöhnlich milde Nacht hinaus.

Johnny bewegte sich wie ein Schlafwandler auf den Nebel zu, und als er nur noch wenige Schritte entfernt war, schoss ein Teil davon nach vorne, um sich um seinen Hals und Kopf zu legen. Mein Bruder blieb stehen, und als eine weitere Nebelzunge sich um seine Beine schlang, sank er auf die Knie.

Jetzt begriff ich, was dort vor sich ging. Ich beschloss, keinen Moment mehr zu zögern, rannte über den Hof und hörte dabei, wie Moth im Stall panisch wieherte und stampfte. Auch Primrose und Buttercup brüllten voller Angst, doch um sie würde ich mich später kümmern müssen - falls es ein Später gab.

Johnny kniete mit gesenktem Kopf und geschlossenen Augen immer noch am gleichen Fleck. Plötzlich kippte er jedoch zur Seite und blieb zusammengerollt in einer Haltung liegen, die erschreckende Ähnlichkeit mit derjenigen hatte, in der wir den armen Toby gefunden hatten. Als ihn der Nebel nahezu gierig umschlang, drang ein leiser, klagender Laut aus seiner Kehle. Ohne nachzudenken stürzte ich vorwärts, einzig und allein beseelt von dem Gedanken, meinen Bruder zu retten. Doch ich kam nicht weit, denn als der Nebel mich berührte, durchfuhr mich eine schneidende Kälte, und auch meine Knie gaben nach. Tiefe Hoffnungslosigkeit und Trauer erfüllte mich. Der Gedanke, einfach aufzugeben, schien mir mehr als verlockend. Egal, was dann mit mir passieren würde, im Vergleich zu dem, was ich jetzt empfand, würde es eine Erlösung sein.

Johnny hatte bisher regungslos dagelegen, das Gesicht in den angewinkelten Armen verborgen, doch jetzt wandte er mühsam den Kopf und sah mich mit weit aufgerissenen Augen an.

Bei dem Anblick erfüllte mich eine unbändige Wut auf mich selber, und ich verachtete mich für meine Feigheit. Wenn ich mich selber aufgab, war das meine Sache, doch was war mit ihm? Manchmal hätte ich ihn zwar in der Luft zerreißen können, aber trotz allem liebte ich ihn von ganzem Herzen.

Wie konnte ich ihn also einfach seinem Schicksal überlassen?

Ich dachte daran, wie ich ihn zum ersten Mal im Arm gehalten hatte, und konzentrierte mich auf die Zuneigung und Wärme, die ich damals empfunden hatte.

Andere Erinnerungen kamen mir in den Sinn: Johnny im Alter von drei Jahren, wie er strahlend vor Freude auf Moths breitem Rücken saß, während Vater sie am Halfter von der Weide auf dem Gemeindeland in den Stall zurückführte und seinen Jüngsten mit der anderen Hand festhielt.

Wie er, gerade sechs Jahre alt, nach seinem ersten Schultag nach Hause kam und mir stolz die Buchstaben zeigte, die er gelernt hatte, oder wie erschöpft, aber zufrieden er nach seinem ersten Arbeitstag vor gut einem Jahr gewesen war. Ich schloss die Augen und konzentrierte mich weiter auf die Wärme in meinem Inneren. Wieder drang die Kälte des Nebels in meine Gedanken ein, aber ich war entschlossen, keinen Fußbreit nachzugeben. Am liebsten hätte ich meinem Bruder zugerufen, er solle versuchen, sich all diese angenehmen Erinnerungen ins Gedächtnis rufen, aber meine Kehle war wie zugeschnürt.

Ich spürte, wie die Kälte in meinem Inneren ein wenig zurückwich, und konzentrierte mich auf diesen winzigen warmen Punkt. Dabei stellte ich mir vor, dass das ein glimmendes Stückchen Kohle sei, dessen schwache Glut ich vorsichtig anfachen musste, damit sie sich zu einem wärmenden Feuer entwickelte und nicht etwa ausging.

Die tiefe Traurigkeit drohte mich wieder zu überwältigen, doch diesmal war ich darauf vorbereitet. Ich holte tief Atem und stellte mir vor, wie aus dem winzigen Glutpünktchen eine helle, lodernde Flamme wurde, die alle Kälte und Dunkelheit vertrieb. Dabei spürte ich erleichtert, wie mein Widersacher ein Stück weit zurückwich und schließlich seine Umklammerung lockerte.

Eine gefühlte Ewigkeit später konnte ich endlich meine Erstarrung abschütteln und mich auf die Ellbogen aufrichten. Ein stechender Schmerz, nicht unähnlich dem, den man empfindet, wenn das Blut zu schnell in unterkühlte Gliedmaßen zurückkehrt, durchfuhr meinen Körper. Einen Moment lang wurde mir schwarz vor Augen, doch ich zwang mich aufzustehen.

Es waren nur wenige Fuß bis zu der Stelle, an der Johnny lag, aber diese kurze Strecke kam mir vor, als sei sie viele Meilen lang.

Als ich ihn erreicht hatte, schürzte ich meine Röcke, um mehr Bewegungsfreiheit zu haben, dann kniete ich mich hinter ihn, schob die Arme unter seinen Achseln durch und verschränkte die Hände vor seiner Brust.

Ich richtete mich auf und hastete rückwärts, bis ich mit dem Rücken an die Tür stieß. Einen bangen Moment lang war ich nicht in der Lage, die Tür zu öffnen, doch dann schaffte ich es doch noch. Ich zerrte Johnny über die Schwelle und, wie ich hoffte, in Sicherheit.

Da das Feuer heruntergebrannt war, legte ich noch eine Schaufel Kohlen nach, um mehr Licht zu haben. Die Laterne hatte ich draußen zurückgelassen, und ich wollte keine Zeit damit verschwenden, eine Kerze zu suchen.

Selbst im gelblichen Licht des Feuers konnte ich erkennen, wie blass Johnny war, und als ich seine Wange berührte, war sie erschreckend kalt.

Ich war zu langsam, er ist tot, dachte ich verzweifelt. Ohne viel

Hoffnung griff ich nach seinem Handgelenk, an dem sich der „Huf", die für Tuchscherer typische Schwiele, gerade erst zu bilden begann, und suchte nach dem Puls. Gott sei Dank, da war er, schwach, aber regelmäßig. Da seine Hände eiskalt waren, rieb ich sie zwischen meinen, bis etwas Wärme in sie zurückkehrte. Dann fiel mir Vaters alter Wintermantel ein. Er passte ihm nicht mehr so recht, deswegen wollte er ihn an Jonas Burke weitergeben. Um das nicht zu vergessen, hatte er den Mantel hinter die Küchentür gehängt. Ich holte ihn, breitete ihn auf dem Boden aus und rollte meinen Bruder vorsichtig darauf. Dann lockerte ich ihm den Kragen und zog ihm die Schuhe aus, bevor ich ihn mit meinem Schultertuch zudeckte und nach oben ging, um Kissen und Bettzeug zu holen.

Johnny fühlte sich genauso kalt an wie Sam vor ein paar Jahren, als er wegen einer hirnrissigen Wette mit einigen seiner Freunde versucht hatte, im Winter den zugefrorenen Mühlteich zu überqueren. Natürlich war er eingebrochen; als seine Freunde es endlich geschafft hatten, ihn aus dem Wasser zu ziehen, war er ziemlich unterkühlt gewesen. Damals hatten wir ihn ins Bett gesteckt und ihm heißen, gezuckerten Tee mit einem Schuss Brandy zu trinken gegeben. Doch da Johnny momentan nicht in der Lage war zu schlucken, fiel diese Möglichkeit aus. Ich tat also das Naheliegendste, indem ich zu ihm unter die Decke kroch, um ihn mit meinem Körper zu wärmen.

Nach einer Weile fing er an zu zittern. Als ich die Hand an seinen Hals legte, spürte ich, wie sein Herzschlag sich beschleunigte. Zuerst fürchtete ich, das könnte ein schlechtes Zeichen sein, doch zu meiner Erleichterung begann er kurz darauf, sich zu regen.

„Keine Angst, ich bin bei dir", flüsterte ich ihm ins Ohr und strich ihm über die Haare. Johnny wandte den Kopf und sah mich benommen an.

„Becky", murmelte er, „ich hatte so einen seltsamen Traum. Ich habe geträumt, dass mich etwas gepackt hat und mir meine Lebenskraft aussaugt, und dann kamst du und hast mich gerettet." Er hielt inne, sah sich stirnrunzelnd um und schien jetzt erst richtig zu begreifen, wo er war.

„Es war gar kein Traum, oder? Es ist alles wirklich passiert …"

Ich dachte zuerst daran, mir irgendeine Notlüge auszudenken, um ihn nicht zu beunruhigen, doch dann verwarf ich die Idee.

„Ja, das ist es. Aber du musst wirklich keine Angst haben. Alles ist gut, du bist jetzt in Sicherheit."

Er stieß einen tiefen Seufzer aus, schloss die Augen und wandte den Kopf wieder zurück. Ich spürte, wie er sich entspannte und nach kurzer Zeit einschlief. Er fühlte sich nicht mehr ganz so eiskalt an wie vorhin, aber trotzdem entschloss ich mich, ihn zur Sicherheit noch ein wenig zu wärmen.

Kurz nachdem die kleine holländische Uhr in der Ecke elf geschlagen hatte, ließ ein Geräusch an der Tür mich zusammenfahren. Instinktiv sprang ich auf und stellte mich schützend vor Johnny. Da meine plötzliche Bewegung ihn geweckt hatte, fragte er erschrocken, was los sei, aber ich war viel zu aufgeregt, um darauf einzugehen. Falls der unheimliche Nebel eine Möglichkeit gefunden hatte, in unser Haus einzudringen, hätten wir zwar ohnehin keine Chance gehabt, aber ich hatte nicht vor, kampflos aufzugeben. Ich griff nach dem Schürhaken, dem erstbesten Gegenstand, der mir in die Hände fiel. Damit wappnete ich mich für das, was mich jenseits der Tür erwarten würde.

Plötzlich jedoch hörte ich draußen die Stimmen unserer Eltern. Die Erleichterung darüber war so groß, dass sie mich fast überwältigte. Ich warf meine improvisierte Waffe weg und ließ mich auf einen der Stühle fallen, wo ich das Gesicht in den Händen barg und zu schluchzen begann. Dabei bemerkte ich kaum, dass sich die Tür öffnete. Erst als sich eine Hand auf meine Schulter legte, schreckte ich hoch und sah, dass Mutter vor mir stand und mich besorgt anschaute.

„Becky, was ist denn los? Und was ist mit Johnny?"

„Mir geht es gut", versicherte ich. Ich gab ihnen eine kurze Zusammenfassung dessen, was passiert war, und versprach, alles Weitere später zu erzählen. Jetzt fühlte ich mich einfach nicht dazu in der Lage.

Inzwischen hatte sich Sam über Johnny gebeugt und ihn so mühelos hochgehoben, als sei er ein kleines Kind.

Er trug ihn die Treppe hinauf, wobei Vater voranging, um ihm zu leuchten. Oben angekommen, legte er ihn auf sein Bett. Ich deckte ihn sorgfältig mit der Decke zu, die ich mitgenommen hatte, dann holte ich auch die Decke von Sams Bett und breitete sie über ihn.

Vater setzte sich auf die Bettkante und nahm Johnnys Hand. „Was um alles in der Welt hast du da draußen eigentlich gemacht?", fragte er.

Johnny trug ein wenig herum, doch als er merkte, dass Vater nicht lockerlassen würde, rückte er mit der Sprache heraus. „Ich wollte zu den Ludds", murmelte er kaum hörbar. „John Booth ist einer von ihnen. Als ich mitbekommen habe, wie er Sam davon erzählte und ihm sagte, wo sie sich treffen, wollte ich auch hin ..."

Er schaute so beschämt drein, dass man ihm einfach nicht böse sein konnte. „Es tut mir leid", fügte er kleinlaut hinzu.

Vater strich ihm über die Wange. „Schon gut, wir reden später darüber. Jetzt ruhst du dich am besten erst mal ein bisschen aus. Und du auch, Becky."

Zuerst wollte ich protestieren, doch dann wich alle Kraft aus mir, und ich schaffte es nur mit knapper Not ins Bett.

Als ich aufwachte, war es bereits hell. Unten in der Küche traf ich Mutter und Sam an, die gerade das Frühstücksgeschirr spülten. Sam sah aus, als habe er letzte Nacht kein Auge zugetan.

„Warum habt ihr mich nicht geweckt?", fragte ich.

„Wir dachten, du könntest den Schlaf gut gebrauchen", erwiderte Mutter. „Wie geht es dir?"

„Gut", antwortete ich. „Was ist mit Johnny?"

„Ihm geht es auch besser", berichtete Sam. „Weil er immer noch gefroren hat, habe ich mich zu ihm gelegt. Ein paarmal hat er ziemlich schlimme Alpträume gehabt. Ich habe ihn dann beruhigt, und irgendwann hat er es dann zum Glück geschafft, den Rest der Nacht durchzuschlafen. Ich hatte allerdings nicht das Vergnügen."

Er unterdrückte ein Gähnen. „Heute Morgen war er zwar ein wenig matt, aber ansonsten ist er ganz der Alte. Ich habe ihm eben eine Schüssel Porridge und einen Becher Milch gebracht. Man kann nicht behaupten, dass sein Appetit gelitten hat." Wie zum Beweis hielt er die leere Schüssel hoch.

„Vater ist schon zur Arbeit gegangen", erklärte Mutter. „Er wird den anderen sagen, dass Sam und Johnny krank sind, um keine Panik auszulösen. Aber wir müssen später unbedingt alle zusammenrufen, um ihnen zu berichten, was geschehen ist. Es wäre doch schrecklich, wenn noch jemand zu Schaden käme."

Sie ging hinüber zum Herd. „Wie wäre es mit heißer Schokolade? Ich glaube, nach den Ereignissen der letzten Nacht haben wir uns eine kleine Stärkung verdient. Johnny bekommt natürlich auch eine, obwohl nach dieser Dummheit, die er sich geleistet hat, ein paar hinter die Ohren vielleicht angebrachter wären."

Sie versuchte, streng zu klingen, aber sie konnte ihre Erleichterung darüber, dass alles glimpflich abgelaufen war, nicht ganz verbergen.

Nachdem ich gefrühstückt hatte, gingen wir hinauf zu Johnny. Er döste mit halbgeschlossenen Augen, doch als er uns eintreten hörte, setzte er sich auf. Erfreut nahm er den Becher mit dem süßen, heißen Getränk entgegen.

„Das tut wirklich gut", stellte er fest, nachdem er einen Schluck genommen hatte.

„Als mich der Nebel berührte, fühlte sich das, so seltsam es auch klingen mag, gleichzeitig eiskalt und glühend heiß an", berichtete er dann. „Ich wollte nicht weitergehen, aber der Nebel – oder etwas in ihm – zwang mich dazu." Er hielt inne, um noch einen Schluck zu trinken.

„Es … es hat sich so angefühlt, als wäre ich außerhalb meines Körpers und könnte mich selber dabei beobachten, wie ich in mein Verderben laufe." Er verzog das Gesicht. „Kein besonders angenehmes Gefühl, das könnt ihr mir glauben."

„Das kann ich mir nur zu gut vorstellen", erwiderte Mutter mitfühlend. „Johnny, du musst den Rest nicht mehr erzählen, wenn du nicht willst."

Er trank die restliche Schokolade, reichte ihr den Becher und rieb sich mit den Handballen über die Augen.

„Doch, ich will alles erzählen. Vielleicht wird mir dann leichter ums Herz."

Er hielt erneut inne, um sich zu sammeln, bevor er weitersprach.

„Nach einer Weile – wie lange es gedauert hat, weiß ich nicht - konnte ich mich nicht mehr auf den Beinen halten. Ich weiß noch, dass ich irgendwann auf dem Boden lag, und dann hat es sich so angefühlt, als würde mir die Seele aus dem Körper gerissen. Gleichzeitig war ich so erschöpft wie noch nie zuvor in meinem Leben – ich dachte, ich müsse einfach nur aufhören zu atmen und loslassen, um ... um all dem ein Ende zu bereiten."

Er senkte den Blick und zerknüllte den Saum seiner Bettdecke zwischen den Fingern.

„Irgendwann kam dann diese Kälte über mich, aber die war mir willkommen, weil sie alles betäubte. Ich fühlte mich so leicht, fast schon euphorisch ... auf einmal hatte ich weder Angst noch Schmerzen, mir war einfach nur noch alles egal. Ich erinnere mich noch an ein paar seltsame traumartige Bilder, und dann ist das nächste, was ich weiß, dass Becky neben mir liegt und mir in den Nacken atmet." Er versuchte, seine Erschütterung mit diesem Scherz zu überspielen, aber es gelang ihm nicht recht.

Mittags kam Vater wie gewohnt zum Essen nach Hause. Er schaute nach Johnny und richtete ihm und Sam Grüße von den anderen Scherern aus. Dann sagte er, er wolle nach dem Essen unseren Pfarrer Reverend Sykes aufsuchen.

„Ich denke, die Kirche wäre der beste Ort für eine Versammlung, da ist wenigstens Platz für alle."

„Du hast recht", stimmte Mutter zu. „Und ein bisschen geistlicher Beistand kann nicht schaden."

„Wenn seine Eltern einverstanden sind, werde ich nachher Jonas Burke einen Shilling geben und ihm auftragen, alle zusammenzurufen", fuhr Vater fort. „Ich weiß, ein Shilling ist eine Menge Geld für solch einen Auftrag, aber bei so einer wichtigen Sache möchte ich den Jungen nicht mit ein paar Pennys abspeisen."

Sam, Mutter und ich sahen das genauso. „Er sollte allerdings nicht allein gehen", wandte ich ein. „Wir haben ja gesehen, was passiert, wenn man in den Nebel gerät. Vielleicht sollte in nächster Zeit niemand mehr allein das Haus verlassen."

Vater nickte. „Du hast recht, ich werde Jonas sagen, dass er seinen

Bruder Daniel mitnehmen soll. Sicher ist sicher."

Kurz vor fünf Uhr machten wir uns auf den Weg zur Kirche. Obwohl
Johnny noch ein wenig unsicher auf den Beinen war, bestand er darauf,
mitzukommen und den Leuten von seinen Erlebnissen zu erzählen.
Mutter war zuerst dagegen gewesen, doch da er keine Ruhe gab, hatte sie
schließlich eingewilligt.

„Aber wenn du merkst, dass du dich unwohl fühlst, sagst du sofort
einem von uns Bescheid, damit wir dich nach Hause bringen können."

„Mum!", hatte Johnny protestiert, doch sie hatte ihn mit einem Blick
bedacht, der allen weiteren Widerstand im Keim erstickte.

Als alle in der Kirche versammelt waren, sprach Reverend Sykes ein
Gebet, in dem er um göttlichen Beistand bat. Anschließend trat er beiseite
und überließ Vater das Wort.

Der bedankte sich mit einem kurzen Kopfnicken, dann trat er vor den
Altar und begann, von den Ereignissen der letzten Nacht zu erzählen.
Johnny stand neben ihm und schaute ernst in die Runde.

Als Vater fertig war, berichtete auch Johnny von dem, was ihm
widerfahren war. Nachdem er seine Erzählung beendet hatte, herrschte
tiefes Schweigen.

Dann erhob sich Hannah Burke, Jemmys Frau.

„Aber was ist dieser seltsame Nebel eigentlich, und woher kommt er?"

Vater wollte gerade antworten, als die Tür aufgerissen wurde und Joe
Wilkerson eintrat. Er wirkte aufgeregt und abgehetzt. Etliche
Haarsträhnen hatten sich aus seinem sonst so sorgfältig gebundenen Zopf
gelöst und hingen ihm wirr ins Gesicht.

„Der Nebel hängt mit dem Kometen zusammen!", stieß er atemlos
hervor.

Alle wandten sich nach ihm um, doch als sie erkannten, wer der
Sprecher war, schüttelten manche mitleidig die Köpfe, und einige lachten
sogar.

„Dir hat das Fieber wohl endgültig das Hirn weichgekocht, Wilkerson!",
rief jemand, aber Joe reagierte nicht auf diese bösartige Bemerkung.
Stattdessen ging er zielstrebig den Gang entlang nach vorne, in Richtung
Altar.

Als er uns erreicht hatte, packte er Vater an der Schulter und schaute
ihn durchdringend an.

„Ich weiß, die meisten von euch werden denken, dass der alte Wilkerson
mal wieder Unsinn redet. Aber ihr müsst mir glauben, es ist wahr!"

Ein paar Leute fingen an, wild durcheinander zu sprechen, doch Vater
hob die Hand. „Ruhe! Hören wir uns zuerst an, was Joe zu sagen hat.
Dann sehen wir weiter."

Er bedeutete dem alten Weber mit einer Geste, fortzufahren. Es war sicher nicht einfach für ihn, seine Menschenscheu zu überwinden und vor all diesen Leuten das Wort zu ergreifen, aber er fasste sich tatsächlich ein Herz.

„Mir ist bewusst, dass die meisten von euch mich nicht für voll nehmen", begann er ohne Umschweife. „Aber ich bitte euch, mir trotzdem zuzuhören." Er hob den Kopf, senkte ihn jedoch gleich wieder, so als sei selbst dieser kurze Blickkontakt schon zu viel für ihn.

„Wie ihr wisst, war der Komet Anfang September zum ersten Mal deutlich am Himmel zu sehen", fuhr er fort. „Kurz darauf bemerkte ich auf meinen abendlichen Spaziergängen immer öfter tote Tiere – meistens kleinere wie Füchse, Vögel, Kaninchen oder Eichhörnchen -, aber einmal auch ein Reh. Nicht nur die Anzahl war ungewöhnlich, sondern auch die Tatsache, dass sie allesamt wie ausgedörrt waren, und das, obwohl es weder heiß noch trocken war. Allerdings habe ich nur vermutet, dass eine seltene Krankheit dahintersteckt und nicht etwas Übernatürliches."

„Joe hat recht!", meldete sich jemand von weiter hinten zu Wort. „Unser Hund ist eines Abends nicht nach Hause gekommen, und am nächsten Morgen habe ich ihn im Hof gefunden – tot und in genau demselben Zustand." Andere berichteten von ähnlichen Ereignissen, und als alle damit fertig waren, meldete sich Joe erneut zu Wort.

„Als der Komet am hellsten und größten war, gab es immer öfter plötzlich auftretenden Nebel, auch am helllichtem Tag und bei strahlendem Sonnenschein. Dann passierte die Sache mit dem armen Toby, und gestern hat es beinahe Johnny und Becky erwischt.

Heute Morgen, als ich gerade anfangen wollte zu weben, wurde ich auf einmal furchtbar müde. Ich wollte nur kurz die Augen zumachen und ein bisschen dösen, aber ich muss wohl eingeschlafen sein. Dabei hatte ich einen Traum, in dem mir die Zusammenhänge klar wurden. Als ich aufwachte, war es schon kurz vor fünf Uhr, also habe ich mich sofort auf den Weg hierher gemacht."

Er hielt inne; ich dachte, er wollte noch etwas hinzufügen, doch stattdessen trat er zur Seite und wich in den Schatten in der Ecke hinter dem Taufstein zurück.

Vater ergriff wieder das Wort. „Wenn Joes Vermutung stimmt, werden diese schrecklichen Vorfälle vielleicht aufhören, wenn der Komet wieder verschwindet. Aber bis dahin müssen wir auf der Hut sein."

„Das heißt, wir sind diesem … diesem Ding im Grunde genommen hilflos ausgeliefert?", fragte Rowland Burke.

„Es sieht so aus", erwiderte Vater, und in diesem Moment ahnte ich zum ersten Mal, dass eine große Veränderung auf uns zukam – ähnlich einschneidend wie der Übergang vom Herbst zum Winter, nur dass es für unser bisheriges Leben keinen Frühling und kein Neuerwachen mehr geben würde, sondern dass alles, was wir bisher gekannt hatten, bald unwiederbringlich verloren sein würde.

Später würde ich erkennen, dass sich meine Ahnung bewahrheitet hatte und das Jahr 1812 in der Tat ein Jahr tiefgreifender Veränderungen war, das keinen von uns unberührt ließ. Doch das ist eine Geschichte für einen anderen Tag.

Sommer 1812: Der dunkle Spiegel

Meine liebe Dolly,

zuerst einmal möchte ich Dich um Verzeihung dafür bitten, dass ich heute so grob zu Dir war. Es war nicht meine Absicht, und daher tut es mir schrecklich leid.

Es ist nur natürlich, dass Du dem Kind, das du erwartest, später einmal alles über seine Abstammung und Familiengeschichte berichten willst. Deswegen kann ich Deine Empörung darüber verstehen, dass ich Dir nie etwas über die Ereignisse der Jahre 1812 und 1813 erzählen wollte und auch alle anderen Familienmitglieder und die Dobsons gebeten habe, darüber Stillschweigen zu bewahren.

Wir beide ähneln uns vom Temperament her sehr - das dürfte der Grund dafür sein, dass wir heute derart aneinandergeraten sind. Deine Mutter hatte wohl nicht unrecht, wenn sie sagte, dass sie uns am liebsten mit einem Kübel Wasser übergossen hätte, so als seien wir zwei kämpfende Hunde!

Ich danke Dir, mein liebes Kind, dass Du es mir erlaubt hast, die ganze Geschichte niederzuschreiben, denn so fällt mir alles deutlich leichter.

Sicher fragst Du Dich jetzt, warum ich immer so ein großes Geheimnis um diesen Teil meiner Vergangenheit gemacht habe. Die Erklärung ist ganz einfach: Ich tat es aus Angst.

Zum einen ist es die Angst davor, auch noch nach so langer Zeit mit den Ludditen in Verbindung gebracht und dafür gehängt oder deportiert zu werden, zum anderen ist es die Angst davor, für verrückt gehalten zu werden. Manche Teile meiner Geschichte sind nämlich so seltsam, dass Du wahrscheinlich denken wirst, ich hätte den Verstand verloren.

Aber ich versichere Dir, liebe Dolly, dass sich alles genauso zugetragen hat, wie ich es Dir jetzt berichten werde.

Es begann im Frühling des Jahres 1812; wie du ja weißt, war das ein sehr bewegtes Jahr. Damals war ich zwanzig Jahre alt und kurz davor, meine Tuchschererlehre zu beenden.

Ich war der Älteste; nach mir hatten meine Eltern noch zwei Kinder, von denen eins ein paar Tage nach der Geburt und das andere im Alter von zwei Jahren gestorben war. Sie hatten geglaubt, keine weiteren Kinder mehr bekommen zu können, doch als ich dreizehn war, kamen zur Überraschung aller meine Zwillingsschwestern, Deine Tanten Ann und Polly, auf die Welt.

Da mein Vater nicht schlecht verdiente, konnte ich bis zu meinem vierzehnten Lebensjahr die Schule besuchen; danach begann ich meine siebenjährige Lehrzeit in der Tuchschererwerkstatt, in der auch Vater arbeitete.

Es war ein extrem heißes und trockenes Frühjahr gewesen, und eine weitere Missernte drohte, wie schon in den Jahren zuvor. Der Krieg gegen Napoleon tat sein Übriges, und die Nachfrage nach feinen Wollstoffen ging stark zurück. Die größte Katastrophe für uns war jedoch die von Enoch Taylor entwickelte Tuchschermaschine. Eine von ihnen tat die Arbeit von fünf bis zehn Scherern – schneller und billiger vielleicht, aber wie ich finde, mit einem deutlichen Qualitätsverlust. Die Besitzer der kleineren Werkstätten konnten sich solch eine Maschine natürlich nicht leisten, und so kam es, dass die Aufträge immer weniger wurden und unsere Arbeit oft schon mittags beendet war. An manchen Tagen mussten wir sogar ganz zu Hause bleiben; das erschien mir persönlich immer am schlimmsten.

Auch den Webern ging es nicht viel besser. Daher ist es wohl nicht verwunderlich, dass sich eines Tages im April auch in unserem Dorf ein Trupp von Webern und Tuchscherern im Namen von General Ludd versammelte, um im Schutze der Nacht einen Angriff gegen Barton's Mill, die nächstgelegene Fabrik, durchzuführen.

Ihr Besitzer Jeremiah Barton war jedoch darauf vorbereitet gewesen, und nach einem kurzen Feuergefecht mit den bewaffneten Wachen, die er angeheuert hatte, hatten sich die Ludditen eiligst zurückgezogen, ohne allzu großen Schaden anrichten zu können. Immerhin hatten sie es geschafft, bei ihrer überstürzten Flucht noch ein paar Scheiben einzuschlagen und ein Lagerhaus in Brand zu setzen, aber das war auch schon alles.

Barton wollte jedoch, dass die Übeltäter bestraft wurden, und so ließ er Handzettel verteilen, auf denen er jedem, der ihm die Namen der Aufrührer verriet, eine Belohnung von zweihundert Pfund versprach.

Um Anns und Pollys willen hatten Vater, Mutter und ich versucht, uns nicht anmerken zu lassen, wie sehr uns die Lage zu schaffen machte. Doch in den Wochen nach dem Angriff auf Barton's Mill wurde Vater plötzlich sehr still und nachdenklich und zog sich immer mehr von uns zurück. Er wurde reizbar und wortkarg, was selbst in diesen schweren Zeiten vollkommen untypisch für ihn war, und ich hatte das Gefühl, dass das nicht nur an der momentanen Situation lag. Wenn wir doch nur gewusst hätten, was für Pläne er schmiedete!

Eines Abends verkündete Vater nach dem Abendessen, er müsse kurz noch einmal weg. Er erhob sich, nahm seinen Hut von dem Haken neben der Tür und verließ das Haus.

Wir dachten uns nichts dabei, sondern vermuteten, dass er einen Freund besuchen wollte, der seit einer Woche an einem hartnäckigen Fieber litt.

Als er aber drei Stunden später immer noch nicht zurück war, beschlossen wir, nicht länger zu warten, und gingen ins Bett.

Ich weiß nicht, wie es meiner Mutter und meinen Schwestern ging, aber ich konnte nicht einschlafen, obwohl ich todmüde war. Also lag ich da, starrte in die Dunkelheit und lauschte in eine Stille hinein, die so vollkommen war, dass ich vermeinte, das Rauschen meines eigenen Blutes zu hören.

Es begann bereits zu dämmern, als ich das Geräusch eines Schlüssels im Schloss hörte. Ich sprang auf und lief zur Tür, um nachzusehen. Offensichtlich hatte auch meine Mutter kein Auge zugetan, denn auch sie war zur Tür geeilt.

Wir schauten uns an, und in ihrer Miene konnte ich Angst und Besorgnis lesen.

Er hat sich den Ludditen angeschlossen und ist dabei umgekommen, schoss es mir durch den Kopf, doch dann schalt ich mich einen Narren. Wenn das der Fall gewesen wäre, hätte der Überbringer der schlechten Nachricht sicherlich angeklopft oder sich auf irgendeine andere Weise bemerkbar gemacht, statt den Schlüssel zu benutzen.

Wie ich vermutet hatte, war es Vater selbst, der an der Tür war. Soweit ich im Dämmerlicht erkennen konnte, war er unverletzt; er wirkte jedoch gehetzt und schaute sich immer wieder unruhig um, so als fürchte er, verfolgt zu werden.

„Ben, Mary, schnell, packt ein paar Sachen ein und weckt die Kleinen", flüsterte er heiser. „Ich fürchte, wir müssen für eine Weile verschwinden."

Mutter schaute ihn verwirrt an. „Aber warum, Harry? Was ist passiert? Du wirst doch nicht etwas Dummes oder Verbrecherisches getan haben?"

Vater schüttelte den Kopf.

„Nein, das nicht. Aber ich war bei Barton, und als ich zurückkam, hat mich John Byerley gesehen. Er ist nicht mit allzu viel Verstand gesegnet, aber selbst er wird sich zusammenreimen können, woher ich kam, wenn morgen die Soldaten kommen und anfangen, Leute zu verhaften."

Er ließ sich auf einen Stuhl fallen und barg das Gesicht in den Händen. „Ich habe es doch nur wegen der Belohnung getan. Die zweihundert Pfund hätten uns aus unserer Notlage geholfen, und wir hätten woanders damit ein neues Leben anfangen können. Doch Barton hat sich lediglich die Namen notiert, dann hat er gesagt, ich solle verschwinden. Als ich ihn an die Belohnung erinnerte, hat er nur kalt gelächelt und mich gefragt, ob ich nicht auch bei dem Brandanschlag dabei gewesen sein könnte. Er hat gesagt, es würde überhaupt keine Umstände machen, einen mehr als geplant von ‚diesem Ludditenpack' zu hängen."

Bisher hatte ich meinen Vater als fröhlichen und unerschütterlichen Mann erlebt, umso mehr erschreckte es mich, ihn jetzt so zu sehen, am ganzen Leib zitternd und den Tränen nahe.

Mutter und ich waren fassungslos, aber es war uns klar, dass jetzt keine Zeit für Vorwürfe war.

Hastig packten wir das Allerwichtigste in drei große Tragekörbe, dann ging Mutter meine beiden Schwestern wecken. Die Ärmsten waren natürlich völlig verwirrt und weinten verängstigt, aber Mutter sagte ihnen, sie würde später alles erklären. Jeder von uns lud sich einen Korb auf den Rücken; Vater und ich trugen Ann und Polly, die sich mittlerweile in ihr Schicksal ergeben hatten und nur noch mit großen, erschrockenen Augen vor sich hin starrten.

An die Einzelheiten unserer Flucht erinnere ich mich nicht mehr, lediglich daran, wie unwirklich mir alles erschien.

Da wir Angst hatten, entdeckt zu werden, wanderten wir nachts und versteckten uns tagsüber in Scheunen oder in leerstehenden Häusern, deren Besitzer wohl durch die „Enclosures", die Einfriedung und private Nutzung von ehemaligem Gemeindeland durch Großgrundbesitzer, keinen anderen Ausweg gehabt hatten, als in die Städte zu ziehen und dort zu versuchen, Arbeit und ein Auskommen zu finden.

In den frühen Morgenstunden des vierten Tages erreichten wir schließlich die Stadt Leeds. Keiner von uns hatte je eine solch riesige Ansammlung von Häusern gesehen; trotz unserer niedergeschlagenen Stimmung fanden wir den Anblick daher beeindruckend.

Am Ufer des Flusses, auf dem sich selbst zu dieser frühen Stunde bereits zahlreiche Lastkähne drängelten, spien zahllose schlanke Fabrikschlote dunklen Rauch in den Himmel, wo er eine graue Dunstglocke bildete.

Scharen von Menschen bevölkerten die Straßen, und mir fiel auf, dass darunter viele waren, die teils erschreckende Verletzungen und Verstümmelungen aufwiesen. Die Männer unter ihnen waren vermutlich ehemalige Soldaten, doch es gab auch viele Frauen und Kinder, denen ein Finger, eine Hand oder gar ein ganzer Arm fehlte. Damals konnte ich mir das nicht erklären; später erfuhr ich, dass diese bedauernswerten Menschen die Opfer von Arbeitsunfällen geworden waren, wie sie fast täglich passierten.

Wir kamen in einem der Wohnhäuser am Flussufer unter, in unmittelbarer Nähe der Fabriken. Unser altes Zuhause war auch nicht gerade groß gewesen, doch hier mussten wir Fünf uns mit einem winzigen, dunklen Raum begnügen, der das Wort „Zimmer" kaum verdiente. Mutter, Ann und Polly teilten sich das eine Bett und Vater und ich das andere. Das allein war schon schwierig genug, aber noch mehr machte uns die Tatsache zu schaffen, dass es trotz der vielen Fabriken unmöglich schien, eine feste Arbeit zu finden.

Da mehrmals täglich schwer beladene Lastkähne aus den Kohlerevieren weiter im Norden anlegten und eine Pferdebahn von der nahegelegenen Middleton Colliery ebenfalls große Mengen des begehrten Brennstoffs anlieferte, bestand stets große Nachfrage nach Hilfskräften, um diese zu entladen. So konnte man wenigstens ein paar Pennies verdienen und hoffen, dass man am nächsten Tag wieder gebraucht wurde.

Es war eine mühsame, staubige und unbefriedigende Arbeit. Da man pro gefülltem Korb bezahlt wurde, musste man sich aber wirklich sputen, um einen nennenswerten Verdienst zu erhalten.

Wie früher arbeiteten Vater und ich dabei Seite an Seite, aber unser Verhältnis war längst nicht mehr so vertrauensvoll und freundschaftlich wie früher, sondern angespannt und fast schon unterkühlt.

Heute weiß ich, dass es ungerecht von mir war, aber damals war ich zornig und verbittert über seinen Verrat, der uns in diese missliche Lage gebracht hatte. Dass wir früher oder später sowieso unser altes Leben hätten aufgeben müssen, begriff ich aber erst viel später.

Natürlich suchten wir beide weiterhin Arbeit in den Webereien oder Spinnereien, doch wir hatten keinen Erfolg. Vielleicht lag es daran, dass man uns wegen der vom Druck der schweren Scheren verursachten Schwielen an unseren Handgelenken auf den ersten Blick als Tuchscherer und somit potentielle Ludditen und Unruhestifter erkannte, vielleicht war es die wirtschaftliche Lage oder das Überangebot an billigen Arbeitskräften - ich weiß es nicht.

Eines Tages Anfang Juli hatte ich einmal mehr nichts als Absagen bekommen; niedergeschlagen schlich ich mit gesenktem Kopf und hochgezogenen Schultern heimwärts. Der einsetzende Nieselregen trug keinesfalls dazu bei, meine Stimmung zu heben.

Ich war so sehr in Gedanken, dass ich geradewegs mit einem anderen Fußgänger zusammenstieß, einem kleinen, etwas rundlichen Mann mit roten Locken und buschigen Koteletten. Er mochte Ende dreißig, Anfang vierzig sein, und seiner Kleidung nach gehörte er zu den wohlhabenderen Bürgern dieser Stadt. Ich stammelte eine hastige Entschuldigung und machte mich darauf gefasst, für meine Ungeschicklichkeit gerügt zu werden. Doch nichts dergleichen geschah; stattdessen trat der andere einen Schritt zurück und betrachtete mich prüfend.

„Na, wenn das mal kein glücklicher Zufall ist!"

Ich verstand nicht, was er mit dieser Bemerkung meinte, traute mich aber nicht, etwas zu sagen. Denn wenn ich in den letzten Monaten etwas gelernt hatte, dann war es, dass jemand wie ich lieber den Mund hielt, wenn er auf einen Höhergestellten traf.

„Wie unhöflich von mir", fuhr der Mann fort, „ich hätte fast vergessen, mich vorzustellen. Mein Name ist Robert Dobson, ich bin Landvermesser und brauche dringend einen neuen Gehilfen. Du siehst aus, als suchtest du Arbeit, oder irre ich mich?"

Ich spürte, wie mir das Blut in die Wangen schoss. Früher war ich nie derart schüchtern oder unsicher gewesen, doch seitdem ich hier lebte, hatte mein Selbstbewusstsein beträchtlich gelitten.

„Ich ... ich heiße Ben Hawthorne", stammelte ich schließlich. „Und ja, ich suche Arbeit."

Mr. Dobson nickte.

„Du bist Tuchscherer, stimmt's?", fragte er mit einem Blick auf meine Hände.

Ich bejahte, und mein Gegenüber lächelte zufrieden.

„Hervorragend. Dann bist du sicher kräftig genug für diese Arbeit. Mein Onkel hatte eine kleine Tuchschererwerkstatt, daher weiß ich, wie schwer so eine Schere ist."

Er schien einen Moment lang zu überlegen, bevor er weitersprach.

„Am Montag in vierzehn Tagen soll ich mit der Vermessung für einen neuen Kanal beginnen, und gestern hat mir mein bisheriger Gehilfe überraschend gekündigt. Deswegen suche ich dringend Ersatz, allerdings kann ich nicht mehr als drei Shilling pro Tag bezahlen. Wärst du damit einverstanden?"

Ich war sprachlos, als ich das hörte. Drei Shilling am Tag war zwar deutlich weniger als das, was mein Vater in besseren Tagen in der Werkstatt bekommen hatte, aber zusammen mit dem, was er als Kohlenträger und meine Mutter als Wäscherin verdiente, würde es uns einigermaßen über Wasser halten, und meine Schwestern müssten vielleicht nicht wie so viele Kinder in ihrem Alter in einer Fabrik arbeiten.

„Das ist wunderbar, Sir", erwiderte ich. „Ich nehme Ihr Angebot gerne an!"

„Gut, das wäre also geklärt", sagte er zufrieden. „Komm morgen früh um neun Uhr zu mir nach Hause, dann können wir alles Weitere besprechen." Er nannte mir eine Adresse in einem der besseren Viertel der Stadt, und ich versprach, mich dort pünktlich einzufinden.

Beschwingten Schrittes lief ich heim. Jetzt, wo ich endlich gute Neuigkeiten hatte, konnte ich es kaum erwarten, diese meiner Familie mitzuteilen.

Am nächsten Morgen machte ich mich in meinem leider schon etwas mitgenommenen Sonntagsstaat auf zu Mr. Dobsons Haus. Da ich es vor freudiger Erregung nicht länger zu Hause ausgehalten hatte, war ich natürlich viel zu früh da, also nutzte ich die Zeit, um mich ein wenig umzuschauen.

Natürlich waren auch hier die Mauern rußig vom Rauch der Fabriken, doch zwischen diesen Häusern und denen in der Gegend, in der ich wohnte, herrschte ein Unterschied wie zwischen Tag und Nacht.

Die Wohnhäuser der Arbeiter lagen genau wie viele Fabriken direkt am Fluss Aire, wodurch viele von ihnen ständig feucht und somit eine ideale Brutstätte für die Schwindsucht und andere schwere Krankheiten waren. Sie waren hastig hochgezogen worden, um der stetig wachsenden Bevölkerung Platz zu bieten, und bei manchen hatte man das Gefühl, dass sie schon kurz nach ihrer Errichtung zu verfallen begannen.

Anstelle der langen Reihen von düsteren Ziegelbauten stand hier jedes Haus für sich. Bei manchen waren die Türen von zierlichen weißen Säulen flankiert, die mir besonders gut gefielen, erinnerten sie mich doch an die Bilder von griechischen Tempeln in dem Buch, das unser Lehrer eines Tages mitgebracht und uns gezeigt hatte. Viele besaßen auch kleine Vorgärten mit sorgfältig gestutzten Buchsbaumhecken und Rosenbüschen.

Letztere erinnerten mich schmerzlich an mein altes Zuhause, denn dort hatte es einen ähnlichen Rosenbusch gegeben, den mein Vater meiner Mutter einst geschenkt hatte, als er ihr den Hof machte. Es war keine gewöhnliche Hundsrose von der Art, wie sie überall wild an den Wegrändern wächst, sondern eine mit zahllosen großen Blüten, die hell- und dunkelrosa gestreift waren und im Juni den ganzen Garten mit ihrem schweren, süßen Duft erfüllten.

Eine meiner frühesten Erinnerungen war, unter jenem Busch zu sitzen und mit den Holzpferdchen zu spielen, die Vater für mich geschnitzt hatte, während Mutter daneben Wolle spann oder im Garten arbeitete. So hatten wir im Sommer oft die Tage verbracht, bis Vater von der Arbeit heimkam, müde, aber stets guter Dinge. Um mich von diesen traurigen Erinnerungen abzulenken, schaute ich mich weiter um, und als es endlich neun Uhr war, betätigte ich die Türglocke.

Mr. Dobson öffnete selbst, bat mich einzutreten und führte mich in ein kleines, aber einladend und hell wirkendes Arbeitszimmer.

Auf einem etwas unaufgeräumt wirkenden Schreibtisch stapelten sich Zeichnungen und Tabellen, und rechts daneben stand ein massives hölzernes Dreibein, auf dem sich eine Holzplatte mit mir mysteriös erscheinenden geschlitzten Messingplatten befand.

„Das ist der Messtisch, eines meiner Instrumente", erläuterte Mr. Dobson. „Eine deiner Aufgaben wird es sein, mit einer Stange, die man Fluchtstab nennt, zu einem Punkt zu laufen, den ich dir angebe. Den Fluchtstab peile ich durch diesen Schlitz in der Messingplatte an. Das hilft mir dabei, gerade Linien festzulegen. Und dann gibt es noch das hier." Mit diesen Worten reichte er mir eine Eisenkette mit merkwürdigen Gliedern, die aussahen wie lange, dünne Nägel mit Schlaufen an jedem Ende.

„Diese Kette ist genau 66 Fuß lang, und damit misst man Entfernungen. Manchmal werde ich dich auch mit einem Kompass zu einem Punkt im Gelände schicken, damit du mir sagen kannst, in welcher Himmelsrichtung er liegt. Kannst du mit einem Kompass umgehen?"

Als ich verneinte, erklärte er es mir, und zu meiner Überraschung war es gar nicht so schwierig.

„Meinst du, dass du dieser Aufgabe gewachsen bist?", fragte er dann.

Ich bejahte, und als mir Mr. Dobson die Hand hinstreckte, ergriff ich sie und besiegelte so unsere Vereinbarung.

Anschließend stellte er mir seine Frau vor. Mrs. Dobson war eine freundliche, geradezu mütterliche Frau, und genau wie ihr Ehemann war sie mir von Anfang an sympathisch. Sie servierte uns Tee und Scones, und nachdem sie sich davon überzeugt hatte, dass ich genug gegessen und getrunken hatte, packte sie mir das restliche Gebäck ein und trug mir auf, es meiner Familie mitzubringen.

Zuerst zögerte ich, die Gabe anzunehmen, doch sie forderte mich nachdrücklich auf, zuzugreifen.

Mr. Dobson erklärte mir zum Abschluss noch, wann es losging und was ich für die Reise benötigte.

Bevor ich mich auf den Heimweg machte, gab er mir meinen Lohn für die nächsten drei Wochen im Voraus. Ich selber würde in der Zeit, in der wir unterwegs waren, nicht viel Geld brauchen, da für Kost und Logis gesorgt war, aber meine Familie konnte diesen großzügigen Vorschuss sehr gut gebrauchen.

„Ihr Vertrauen ehrt mich, Sir", sagte ich gerührt. „Woher wissen Sie denn, dass ich mich nicht einfach mit dem Geld auf und davon mache?"

Mr. Dobson lächelte. „Ich denke, ich erkenne einen ehrlichen Menschen, wenn ich ihn sehe." Er reichte mir die Hand und klopfte mir auf die Schulter. „Also bis bald, Ben."

Am vereinbarten Tag stiegen wir pünktlich um sieben Uhr morgens in die Postkutsche. Mr. Dobson hatte einmal erwähnt, dass dies wegen der Enge in dem Fahrzeug und wegen der schlechten Straßen nicht seine bevorzugte Art zu reisen sei, doch ich konnte nicht umhin, wie ein kleiner Junge die Kutsche und die vier lebhaften Rappen zu bewundern, die sie zogen. Bei uns im Dorf hatte niemand Pferde, und lediglich eine Familie besaß ein Ochsengespann; alle anderen verwendeten ihre Kuh als Zugtier, um ihren Acker zu bestellen.

Gewiss, die Straßen waren nicht besonders gut und wir wurden ziemlich durchgeschüttelt, obwohl die Kutsche gut gefedert war. Dennoch fand ich die Geschwindigkeit, mit der wir uns fortbewegten, faszinierend und überhaupt nicht mit dem von Ochsen gezogenen Fuhrmannswagen zu vergleichen, mit dem wir mitgefahren waren, wenn wir Mutters Familie in einem etwas weiter entfernten Dorf besuchten.

Trotz der schlechten Straßen kamen wir aber gut voran und erreichten am frühen Abend unser Ziel.

Nachdem wir ausgestiegen waren, lud ich unser Gepäck ab und trug es in die Unterkunft. Mr. Dobson schlief im großen Bett des Zimmers, und ich bekam zu meiner Überraschung und Freude ein Ausziehbett zur Verfügung gestellt. Es war zwar eigentlich nichts Besonderes, aber ich genoss den ungewohnten Luxus, meine Schlafstätte mit niemandem teilen zu müssen.

Wir würden hier drei Wochen lang bleiben, um die Vermessung durchzuführen, und ich war schon sehr gespannt auf das, was mich erwartete.

An sich war die Arbeit recht interessant und abwechslungsreich, aber es gab natürlich auch Nachteile.

Der Regen der letzten Wochen war nicht sehr ergiebig gewesen und hatte einer erneuten Hitzewelle Platz gemacht. Es waren nicht nur das Wetter und das teilweise unwegsame Gelände, die mir zu schaffen machten; ein paarmal hatte ich auch fast Prügel bezogen, weil ortsansässige Bauern oder Schafhirten der Meinung waren, ich hätte nichts auf ihrem Land verloren.

Einmal war mir ein besonders hartnäckiger Mob sogar hinterhergerannt, und wenn Mr. Dobson nicht ein Machtwort gesprochen und gedroht hätte, den Konstabler zu benachrichtigen, wären wir wohl beide nicht mit heiler Haut davongekommen.

Aber das waren nur kleine Unannehmlichkeiten; wenn ich an die Fabrikarbeiter in Leeds dachte und daran, wie kränklich und vorzeitig gealtert die meisten von ihnen aussahen, konnte ich mich wohl kaum beklagen.

Mr. Dobson gab mir von seinem Messtisch aus per Handzeichen Anweisungen, um mich dorthin zu dirigieren, wo er mich haben wollte. Mittlerweile klappte das ganz gut, aber am Anfang war es ein paarmal vorgekommen, dass ich seine Signale verwechselt hatte. Es war mir furchtbar peinlich gewesen, und ich hatte mich stets mehrfach dafür entschuldigt. Er hatte das Ganze jedoch mit Humor genommen.

„Wenn du wüsstest, wie oft mir das passiert ist, als ich in deinem Alter war", hatte er lachend gesagt. „Vielleicht würden mir heutzutage ein paar dieser kleinen zusätzlichen Spaziergänge auch nicht schaden. Jedenfalls wäre Mrs. Dobson ganz dieser Meinung."

Diese Bemerkung hatte mich zum Lächeln gebracht und meinen Patzer vergessen lassen, denn ich war vor unserer Abreise bereits Zeuge einer gutmütigen Neckerei zwischen meinem Arbeitgeber und seiner Frau geworden. Sie hatte behauptet, dass sie dringend alle seine Kleider umnähen müsse, bevor jemand von einem davonschießenden Knopf verletzt würde. Er hingegen hatte protestiert, dass er doch nur das hilflose Opfer ihrer hervorragenden Kochkünste sei.

Ich mochte die beiden sehr, auch wenn ich sie noch nicht so lange kannte. Ihre Freundlichkeit und Herzenswärme war wie ein wohltuender warmer Sonnenstrahl in dieser kalten und feindseligen Stadt gewesen, in der ich bisher nichts als Zurückweisung erfahren hatte.

An einem Tag, der besonders heiß zu werden drohte, standen wir früh auf, um die Morgenkühle zu nutzen. Da wir gut vorankamen, schafften wir glücklicherweise alles, was wir uns für den Tag vorgenommen hatten.

„Danke, das waren alle Informationen, die ich brauchte", sagte Mr. Dobson irgendwann am späten Nachmittag. „Ich muss jetzt noch ein paar Strecken ausrechnen und einige Punkte in meine Karte einzeichnen. Du hast für heute genug getan, deswegen kannst du dich ruhig hinsetzen und ausruhen."

Dieser Aufforderung kam ich gerne nach; mit einem Seufzer der Erleichterung ließ ich mich nieder und schlang die Arme um die Knie.

In der Schule war ich zwar recht gut in Mathematik gewesen, doch die Berechnungen, die Mr. Dobson anstellte, waren mir unverständlich. Also fragte ich ihn, was er da mache, und als er es mir erklärte, begriff ich es zu meiner eigenen Überraschung sofort.

„Das finde ich beachtlich", staunte er. „Ich selber habe damals mindestens drei Anläufe gebraucht und schon befürchtet, ich müsse für den Rest meines Lebens den Packesel spielen, weil mein Lehrherr mich als hoffnungslosen Fall aufgegeben hat."

„Das kann ich mir nicht recht vorstellen", erwiderte ich, doch Mr. Dobson lachte.

„Doch, es war wirklich so. Du scheinst ein ganz besonderes Talent zu haben, und es wäre eine Schande, es zu verschwenden. Was hältst du davon, wenn ich dich zum Landvermesser ausbilde, sobald wir diesen Auftrag hinter uns haben?" Ich konnte mein Glück kaum fassen. „Oh, das wäre wundervoll ... vielen, vielen Dank!"

„Du brauchst mir nicht zu danken", winkte Mr. Dobson ab. „Es wäre mir wirklich eine große Freude." Ich nahm mir vor, gleich heute Abend einen Brief an meine Familie zu schreiben und ihnen die freudige Nachricht mitzuteilen. Mittlerweile stand die Sonne schon recht tief und tauchte die Landschaft in weiche Goldtöne. Mr. Dobson erhob sich, rollte seine Zeichnungen zusammen und klappte die Mappe zu.

„Zeit für den Heimweg, Ben. Wir wollen ja nicht im Dunkeln über die Wiesen stolpern, nicht wahr?" Ich stimmte zu. Der Mond war zwar schon fast voll, und sein Licht hätte durchaus für den Heimweg ausgereicht, aber ein Marsch im Mondschein hätte mich an die Flucht aus unserem Dorf erinnert, und diese Wunde war einfach noch zu frisch. Ich packte die Ausrüstung zusammen und lud sie mir auf den Rücken; eine Zeitlang gingen wir schweigend nebeneinander her. Als wir etwa die Hälfte des Weges zurückgelegt hatten, ergriff Mr. Dobson plötzlich das Wort.

„Was bedrückt dich eigentlich, Ben? Ich merke doch, dass irgendetwas mit dir nicht stimmt."

Völlig überrascht blieb ich stehen.

„Was ... was meinen Sie damit?"

„Nun", erläuterte er, „manchmal bist du äußerst schwermütig und nachdenklich. Und außerdem sprichst du im Schlaf." Ich biss mir auf die Unterlippe. Zu gerne hätte ich ihm mein Herz ausgeschüttet, aber ich traute mich nicht. Was, wenn er mich für das verachten würde, was mein Vater getan hatte? Oder schlimmer noch, wenn er mich verdächtigen würde, ebenfalls ein Luddit zu sein, und mich an den örtlichen Friedensrichter verriet? Ich druckste herum und versuchte, mir irgendeine fadenscheinige Erklärung auszudenken, doch Mr. Dobson ließ nicht locker.

„Ich schwöre bei allem, was mir heilig ist, dass ich das, was du mir erzählst, für mich behalten werde." Eigentlich hatte ich beschlossen, nie wieder dem Versprechen eines anderen Menschen zu glauben, damit es mir eines Tages nicht auch so erginge wie meinem Vater, doch mein Gefühl sagte mir, dass ich Mr. Dobson vertrauen konnte. Jetzt konnte ich mich nicht länger zurückhalten – ich erzählte ihm die Geschichte von Anfang bis Ende. Als ich fertig war, fühlte ich mich zwar erschöpft, aber auch in gewisser Weise erleichtert.

„Einerseits hasse ich meinen Vater für das, was er getan hat, aber andererseits kann ich seine Beweggründe inzwischen ein wenig verstehen. Und trotz allem liebe ich ihn auch, schließlich ist er doch mein Vater", fügte ich hinzu. „Das macht es auch nicht gerade einfacher ..." Zu meiner Überraschung lehnte Mr. Dobson seine Mappe und Kartenrolle gegen einen Busch, kam zu mir hinüber und legte mir den Arm um die Schultern.

„Du Ärmster", sagte er mitfühlend, „das ist ja wirklich schrecklich. Was sind das nur für Zeiten, in denen Menschen so etwas durchmachen müssen?"

Er schüttelte langsam den Kopf.

„Aber du musst keine Angst haben, ich werde niemandem ein Sterbenswörtchen verraten. Wenn du einverstanden bist, werde ich es höchstens Mrs. Dobson erzählen, aber auch sie kann schweigen, das versichere ich dir."

Ein Kloß bildete sich in meiner Kehle, und Tränen brannten in meinen Augen. Ich wollte etwas erwidern, doch alles, was ich hervorbrachte, war ein heiseres „Danke".

Mr. Dobson schien zu spüren, wie aufgewühlt ich war, denn er schwieg auf dem restlichen Heimweg und gab mir so Zeit, meine Gedanken ein wenig zu ordnen. Darüber war ich froh, denn mir war wirklich nicht nach einem Gespräch zumute.

Die Vermessung des ersten Geländeabschnitts ging weiterhin so reibungslos vonstatten, dass wir weniger Zeit brauchten als ursprünglich geplant. Also nahmen wir uns das schwierigere und unwegsamere Gelände im Nordosten des Dorfes als nächstes Etappenziel vor.

Als unsere Wirtin uns an jenem Morgen das Frühstück brachte, erzählte ihr Mr. Dobson von unseren Plänen.

„Die Gegend um den Sweetbriar Hill?", fragte sie erschrocken. „Das ist ein böser Ort, seien Sie bloß vorsichtig oder bleiben Sie am besten ganz weg!" Die arme Frau war furchtbar aufgeregt und beruhigte sich erst wieder, als er ihr versicherte, wir würden uns von jenem Hügel fernhalten.

Als sie gegangen war, wandte sich Mr. Dobson an mich.

„Glaubst du, was sie sagt, Ben?"

Ich schüttelte den Kopf. „Nein, ich vermute, dass die einzigen Schrecken, die dort lauern, hartnäckige Bromberranken und Horden von hungrigen Zecken sind. Aber Dorfleute sind nun mal abergläubisch. Dort, wo ich herkomme, gab es auch ein paar recht komische Ansichten."

Ich nahm einen Schluck Tee; zuerst hatte ich dieses Getränk überhaupt nicht gemocht, aber mittlerweile hatte ich mich an den Geschmack gewöhnt und liebte ihn sogar.

Da es sehr heiß war, nahmen wir einige Äpfel und eine Steingutflasche mit Buttermilch mit; letztere kühlten wir in einem Bach in der Nähe unseres Einsatzortes.

Wir verbrachten die Mittagspause im Schatten einer kleinen Salweide am Bachufer, deren überhängende Zweige einen hervorragenden Schutz vor der sengenden Sonne boten. Ich trampelte das hohe dürre Gras unter dem Baum nieder, und Mr. Dobson und ich ließen uns darauf nieder. Wir aßen und tranken in einvernehmlichem Schweigen, während um uns herum Grillen zirpten und ein heißer Wind wenigstens einen Hauch von Abkühlung brachte. Mr. Dobson schnitt ein Stück Käse ab, bevor er mir den Rest davon zusammen mit dem Messer reichte.

„Nimm dir ruhig noch ein bisschen", forderte er mich auf. „Du musst nachher dort hinauf, da brauchst du was im Bauch."

Mit diesen Worten deutete er auf einen Hügelkamm in einiger Entfernung.

Der Hügel sah steil aus, und seine Flanken waren mit hohem Gras und dichtem Gestrüpp bewachsen. Mr. Dobson musste mir angesehen haben, dass mich diese Aussicht nicht gerade freute, denn er entschuldigte sich dafür, dass er mir das zumuten musste.

Ich erwiderte, das sei nicht schlimm, und versicherte scherzhaft, ich würde es bestimmt überleben. Dann schulterte ich den Fluchtstab, hängte mir die Tasche mit dem Kompass um und trabte los.

Als ich etwa die Hälfte der Strecke zurückgelegt hatte, schoss mir plötzlich ein stechender Schmerz durch den Kopf; es fühlte sich an, als würde innen drin etwas zerreißen.

Ein metallischer Geschmack breitete sich in meinem Mund aus, und einen Moment lang wusste ich nicht mehr, wo ich war.

Obwohl dieses beunruhigende Gefühl nur einen Wimpernschlag lang anhielt, erschreckte es mich zutiefst, und ich konnte mir nicht erklären, wovon es verursacht worden war.

Mein bester Freund John Ingram, der wie sein Vater den Beruf des Webers ergriffen hatte, hatte mir einst erzählt, dass er manchmal flackernde Kreise oder Lichtblitze sah, wenn er bei schlechtem Licht eine neue Kette einziehen musste oder er bei hellem Sonnenschein vergessen hatte, die Läden des seinem Webstuhl gegenüberliegenden Fensters zu schließen. Er hatte berichtet, dass auf diese Erscheinungen mitunter heftige Kopfschmerzen folgten, die ihn einen oder mehrere Tage lang außer Gefecht setzten. Doch ich war weder geblendet worden, noch hatte ich meine Augen angestrengt. Was konnte also diese Attacke ausgelöst haben? Nach einigem Nachdenken kam ich zu dem Schluss, dass es wohl an der Hitze gelegen haben musste.

Ich beschloss, einfach nicht weiter darüber nachzudenken, las nur die Himmelsrichtung auf dem Kompass ab und steckte dann den Fluchtstab in den Boden.

Als das erledigt war, kehrte ich zu Mr. Dobson zurück, um die Kette zu holen und mit der Entfernungsmessung zu beginnen.

Ich steckte einen langen Nagel in den Boden, befestigte die Kette daran und lief erneut los, wobei ich sie zwischen meinen Fingern hindurchgleiten ließ und mich bemühte, das hohe Gras so gut wie möglich niederzutreten, damit sie flach lag und die Messung nicht verfälscht wurde.

Als ich den Fluchtstab erreichte, bemerkte ich zu meinem Schrecken, dass ich nicht mehr wusste, wie viele Kettenlängen ich bis dorthin gemessen hatte.

Mit einem entnervten Seufzer packte ich alles wieder zusammen und machte mich auf den Rückweg.

Als ich meinen Arbeitgeber erreichte, fragte der, was los sei.

„Ich habe mich verzählt", behauptete ich beschämt und erwartete zumindest einen milden Tadel.

Doch Mr. Dobson betrachtete mich nur besorgt.

„Bist du krank, Ben? Oder hast du Kummer? Du bist doch sonst nicht so durcheinander!"

Ich schüttelte den Kopf, teils, um zu verneinen, und teils, um das wieder einsetzende Schwindelgefühl zu vertreiben.

„Nein, nein, alles in Ordnung. Ich glaube, es ist nur die Hitze, die mir ein wenig zu schaffen macht. Ich trinke ein paar Schlucke Buttermilch und esse einen Apfel, dann bin ich wieder so gut wie neu."

Das tat ich auch, und anschließend steckte ich den Nagel wieder neben dem ersten Stab in den Boden, befestigte das Ende der Kette daran und marschierte los.

Als ich die Kette in ihrer vollen Länge ausgelegt hatte, bohrte ich den zweiten Nagel in den Boden und sagte laut „Eins". Diesen Vorgang wiederholte ich, bis ich meinen Zielpunkt erreicht hatte, und da ich laut mitgezählt hatte, hatte ich es diesmal tatsächlich geschafft, mir die Anzahl der Kettenlängen zu merken. Es waren genau sieben gewesen; ich drehte mich um und machte das entsprechende Zeichen. Doch obwohl er genau in meine Richtung schaute, teilte mir Mr. Dobson weder durch ein Winken mit, dass er verstanden hatte, noch gab er mir zu verstehen, dass ich mein Zeichen wiederholen sollte. Das war mehr als rätselhaft. Er konnte mich gar nicht übersehen haben, aber warum reagierte er nicht?

Ich war schon drauf und dran, zu ihm zurückzulaufen und nach ihm zu schauen, als er endlich „Verstanden" signalisierte.

Mir fiel ein Stein vom Herzen; offensichtlich gab es also doch keinen Grund zur Sorge.

Ich packte die Kette zusammen, zog den Fluchtstab aus dem Boden und trug beides zu dem zweiten Punkt, den Mr. Dobson mir gezeigt hatte. Als ich genau dort war, wo er mich haben wollte, steckte ich den Stab in den Boden und machte mich auf den Rückweg.

„Fühlst du dich wieder besser?", erkundigte er sich, als ich ihn erreicht hatte. „Du warst eben ganz schön blass um die Nase!"

„Kein Grund zur Sorge", versicherte ich ihm. „Mir geht es prächtig. Aber was war eben mit Ihnen los?"

Mein Arbeitgeber runzelte die Stirn. „Was soll denn mit mir gewesen sein?"

Ich erklärte, was ich beobachtet hatte, und er schüttelte den Kopf.

„Du musst dich getäuscht haben, Ben. Ich habe sofort zurückgewinkt, als ich dein Zeichen gesehen habe."

Jetzt begriff ich gar nichts mehr. War ich vielleicht kurz davor, den Verstand zu verlieren? Nach den Ereignissen der letzten Monate hätte mich das nicht einmal gewundert.

Ich ging zum Bach hinunter, kniete nieder und schöpfte mir mit beiden Händen Wasser über den Kopf. Dann trank ich ein paar Schlucke Buttermilch und kehrte zu Mr. Dobson zurück.

Er schaute mich fragend an, doch um ihn nicht zu beunruhigen, beschloss ich, mir nichts anmerken zu lassen. Stattdessen nahm ich den Kompass und machte mich daran, die Himmelsrichtung des neuen Messpunkts herauszufinden.

Plötzlich kehrte der stechende Kopfschmerz zurück, diesmal noch heftiger als vorher. Auch der Schwindel setzte wieder ein, und einen Moment lang war er so stark, dass ich nicht einmal mehr wusste, ob ich saß, stand oder lag.

Ich öffnete den Mund und atmete tief ein, doch die Luft war stickig und heiß wie kurz vor einem heftigen Gewitter.

Wie aus weiter Ferne hörte ich Mr. Dobson nach mir rufen. Ich drehte mich in die Richtung, aus der ich seine Stimme hörte, konnte ihn aber nirgendwo entdecken. Dort, wo er hätte sein müssen, befand sich nur eine endlos erscheinende Ebene, die mit kurzem, graubraunem, wie tot aussehendem Gras bestanden war.

Ich versuchte, ebenfalls nach ihm zu rufen, doch meine Kehle war wie ausgetrocknet und ich brachte nichts als ein heiseres Krächzen hervor.

Dann veränderte sich die Umgebung schlagartig, und ich fand mich in der Werkstatt wieder, in der mein Vater und ich gearbeitet hatten.

Doch obwohl die Werkzeuge der anderen dalagen, als seien ihre Besitzer nur kurz nach draußen gegangen, war alles mit einer dicken

Staubschicht überzogen, und das teure Tuch auf der Werkbank, an der mein Vater normalerweise arbeitete, wirkte ausgebleicht und fleckig. In der Luft hing ein stechender Geruch, der mich an Schimmel, Blut und feuchte Asche denken ließ.

Ohne darüber nachzudenken, band ich mir meine Schürze um und krempelte die Ärmel hoch; als ich jedoch nach meiner Tuchschere griff, wurde mir bewusst, wie absurd das war, was ich da tat. Also legte ich die Schürze wieder ab und hängte sie an ihren angestammten Haken.

Eine tiefe Traurigkeit erfüllte mein Herz, und ich glaube, in jenem Moment begriff ich zum ersten Mal wirklich, dass ich nie wieder in mein altes Leben zurückkehren könnte.

Als ich den Kopf senkte und versuchte, der aufsteigenden Tränen Herr zu werden, bemerkte ich etwas Weißes auf dem Boden. Ich hob es auf und stellte fest, dass es einer der Handzettel war, die Barton hatte verteilen lassen. Das Blatt war mit zahlreichen rotbraunen Flecken übersät, die ich erst bei genauerem Hinsehen als getrocknetes Blut identifizieren konnte. Mit einem Laut des Entsetzens ließ ich das Papier fallen. Plötzlich war meine Kehle wie zugeschnürt, und ich konnte nur noch flach und hechelnd atmen.

Schon nach kurzer Zeit hatte ich das Gefühl zu ersticken. Als ich glaubte, es nicht mehr aushalten zu können, wechselte die Szenerie jedoch erneut.

Jetzt stand ich auf dem Dorfanger. Meine Hände waren auf dem Rücken gefesselt, und ich musste mich nicht umdrehen, um zu wissen, dass zwei Soldaten mich an den Oberarmen festhielten.

In der Menge, die mir gegenüberstand, erblickte ich lauter vertraute Gesichter, doch alle zeigten einen Ausdruck von Hass und grenzenloser Wut.

Fanny Ingram, die Mutter meines besten Freundes, die mich von meinem ersten Atemzug an gekannt hatte, hob eine Handvoll Dreck auf und schleuderte sie mir ins Gesicht.

„Verräter!", schrie sie, und die anderen taten es ihr nach. Es waren nicht nur Erde und Unrat, die auf mich niederprasselten, sondern auch etwas, das sich anfühlte wie kleine Steine. Ich begriff, dass die Lage hoffnungslos war, senkte den Kopf und schloss die Augen. Sollten sie mich doch ruhig töten!

Ich weiß nicht, wie lange ich so dastand und das Trommelfeuer über mich ergehen ließ; plötzlich jedoch schob sich etwas Längliches aus kaltem Metall unter mein gesenktes Kinn, drückte mir grob den Kopf nach oben und bohrte sich in meine Kehle. Ich öffnete die Augen und schaute geradewegs in das hasserfüllte Gesicht meines besten Freundes, der mich über den Lauf einer Muskete hinweg anblickte. „John!", keuchte ich, aber er schien mich nicht zu hören.

„Du hast Rob, Hiram und die anderen verraten, und du hättest auch mich ans Messer geliefert, wenn du die Gelegenheit gehabt hättest!", zischte er. Dann senkte er den Lauf der Waffe und spuckte mir vor die Füße.

„Aber ich habe doch nicht-", wollte ich protestieren, doch weiter kam ich nicht, weil er die Muskete hob und mir ihre Mündung wieder gegen die Kehle drückte.

Er spannte den Hahn, und als ich begriff, was er vorhatte, schrie ich auf. Aber es war zu spät. Ich hörte den ohrenzerreißenden Krach eines Schusses aus nächster Nähe, roch den beißenden Pulverdampf und spürte, wie etwas Heißes, Hartes gegen meinen Hals schlug. Ich ging zu Boden und verlor das Bewusstsein.

Als ich wieder zu mir kam, lag ich halb auf dem Bauch und halb auf der Seite in den niedrigen Ginsterbüschen, mit denen die Flanke des Hügels bewachsen war. Mein Kopf schmerzte immer noch, und ich hatte fürchterlichen Durst.

Vorsichtig setzte ich mich auf und versuchte, dabei alle ruckartigen Bewegungen zu vermeiden und die in mir aufsteigende Übelkeit nicht noch zu verstärken. Mich übergeben zu müssen war wirklich das Letzte, was ich jetzt wollte.

Ich verharrte im Schneidersitz und barg das Gesicht in den Händen, bis das Schwindelgefühl nachließ. Dann nahm ich mein Halstuch ab und lockerte den Kragen, um besser atmen zu können; dabei strich ich mir mit den Fingern über die Kehle, und als ich die Hand wieder sinken ließ, entdeckte ich daran Spuren von Schießpulver.

Schlagartig erinnerte ich mich an mein seltsames Erlebnis und begriff, dass das Ganze kein Traum, sondern Wirklichkeit gewesen sein musste, und von Panik ergriffen sprang ich auf und rannte den Hügel hinab.

Dabei stolperte ich, fiel hin und überschlug mich. Die Dornen zerkratzten mir Gesicht und Hände, aber ich hatte keine Zeit, darauf zu achten. Ich rappelte mich auf und rannte weiter.

Endlich erreichte ich Mr. Dobson, und als ich mich umschaute und nichts Ungewöhnliches entdecken konnte, begriff ich, dass ich jetzt in Sicherheit war. Meine Knie gaben nach, und ich wäre fast hingefallen, wenn er mich nicht aufgefangen und mir geholfen hätte, mich auf einem Felsbrocken niederzulassen.

„Ben, was ist denn los?", fragte er besorgt. „Du bist ja gerannt, als wäre der Leibhaftige hinter dir her!"

Ich schaute ihn an, bekam aber kein Wort heraus. Mr. Dobson zog eine kleine Metallflasche aus seiner Rocktasche, entkorkte sie und reichte sie mir. „Hier, nimm erstmal einen Schluck, dann wirst du dich besser fühlen."

Ich gehorchte, und obwohl der Alkohol in meiner Kehle brannte und mich zum Husten brachte, fühlte ich mich hinterher etwas besser. Ich versuchte zu sprechen, doch alles, was ich herausbrachte, waren sinnlose Worte und Silben.

Wortlos reichte er mir erneut die Flasche, und ich trank sie in einem Zug leer. Jetzt schaffte ich es endlich, mich ein bisschen zu beruhigen und einigermaßen zusammenhängend zu erzählen, was mir widerfahren war.

„Das ist ja wirklich eine unglaubliche Geschichte", stellte Mr. Dobson fest, als ich meinen Bericht beendet hatte. „Ich glaube, wir lassen es für heute gut sein und packen ein. Du brauchst jetzt Ruhe, sonst wirst du mir am Ende noch ohnmächtig."

Ich zitterte immer noch am ganzen Körper, daher war ich ihm für diesen Vorschlag überaus dankbar.

Er streckte mir die Hand entgegen, um mir aufzuhelfen. Unter normalen Umständen wäre mir das furchtbar peinlich gewesen, aber in diesem Moment konnte ich seine Hilfe gut gebrauchen, denn meine Knie waren immer noch ziemlich weich.

Ich wollte meine übliche Pflicht tun, aber Mr. Dobson ließ das nicht zu.

„Nichts da, Ben, das mache ich. Du siehst aus, als hättest du mit dir selber genug zu tun. Ich schaffe das schon, ich glaube nicht, dass ich meinen alten Beruf vollständig verlernt habe." Er schulterte seine Ausrüstung und zog in gespieltem Erstaunen die Augenbrauen hoch. „Irre ich mich, oder war die früher leichter?", scherzte er, und ich musste trotz meines Gemütszustands lächeln.

Jetzt erst fiel mir der Kompass wieder ein; hoffentlich hatte ich ihn bei meinem Sturz nicht zerbrochen! Doch als ich die Tasche öffnete, stellte ich erleichtert fest, dass er alles gut überstanden hatte.

Wir kehrten zum Gasthof zurück und gingen auf unser Zimmer, wo Mr. Dobson sich wieder mit seinen Zeichnungen befasste. Ich legte mich auf mein Bett, schloss die Augen und versuchte, das Erlebte zu verarbeiten.

Jetzt, wo alles vorüber war, fühlte ich mich auf einmal völlig erschöpft. Irgendwann taten die Erschöpfung und Mr. Dobsons holländischer Brandy ihre Wirkung, und ich döste ein. Wie lange ich schlief, kann ich nicht sagen, aber als ich die Augen wieder aufschlug, fing es bereits an zu dämmern.

Mein Arbeitgeber hatte am Fenster gesessen und hinausgeschaut, aber als er merkte, dass ich mich regte, stand er auf und kam zu mir hinüber.

„Geht es dir besser?"

Ich nickte. „Aber ich verstehe immer noch nicht, was passiert ist. Wenn es ein Traum war, warum habe ich dann Pulverspuren am Hals? Und wenn es wirklich passiert ist, warum hat mich der Schuss nicht getötet?"

„Das ist mir auch ein völliges Rätsel", erwiderte Mr. Dobson. „Und was mich auch stutzig macht, ist, dass nach deiner Erzählung für dich ziemlich viel Zeit vergangen sein muss. Während du den Hügel hinaufstiegst, habe ich die meiste Zeit auf meine Karte geschaut. Einmal habe ich hochgeblickt und dich nicht gesehen, aber ich dachte nur, dass du kurz ins Gebüsch musstest. Als ich kurz darauf das nächste Mal aufschaute, kamst du schon den Hügel hinuntergerannt. Das Ganze hat sich innerhalb von ein paar Sekunden abgespielt – jedenfalls für mich. Und als ich dich dann rennen sah, habe ich auch nur vermutet, dass es dafür eine ganz natürliche Erklärung gab – angriffslustige Wespen, aufgebrachte Dorfbewohner oder etwas in der Art."

Ich holte tief Luft und stieß sie mit einem langen, zitternden Seufzer wieder aus.

„Wenn ich versuche, darüber nachzudenken, bekomme ich Kopfschmerzen." Ich versuchte, Worte zu finden, die meine Gefühle ausdrückten, aber es gelang mir nicht.

„Vielleicht wäre es dann besser, nicht mehr darüber nachzudenken", schlug Mr. Dobson vor. „Jedenfalls im Moment nicht."

Ich nickte; die Idee schien mir vernünftig.

Langsam erwachten meine Lebensgeister, und zu meiner Überraschung verspürte ich Hunger, ja sogar ein bisschen Appetit.

Als ich das Mr. Dobson gegenüber erwähnte, nickte er zufrieden.

„Gehen wir nach unten und schauen wir, ob wir etwas zu essen bekommen."

„Gerne", stimmte ich zu, „aber vorher möchte ich mich noch ein wenig frisch machen. Ich habe das Gefühl, dass ich rieche wie ein Ziegenbock."

Ich stand auf, ging zum Waschtisch hinüber und goss Wasser aus dem mit hübschen Blumen bemalten weißen Krug in die Schüssel. Dann nahm ich das Halstuch ab, öffnete den Kragen und zog das Hemd über den Kopf. Ich ließ es achtlos zu Boden fallen, mit dem Vorsatz, es später aufzuheben, und griff nach Waschlappen und Seife.

Als erstes wusch ich mir das Gesicht, dann spülte ich den Lappen aus und wollte mit dem linken Arm weitermachen. Doch plötzlich erstarrte ich mitten in der Bewegung, denn an meinem Oberarm entdeckte ich vier bläulichrote, fast runde Male, die vorher noch nicht dagewesen waren.

Mein erster Gedanke war, dass das vielleicht Insektenstiche oder Prellungen von meinem Sturz waren, doch seltsamerweise lagen sie fast genau übereinander. Einer Ahnung folgend nahm ich den Spiegel vom Haken und betrachtete mit seiner Hilfe die Rückseite meines Oberarms. Dort fand ich ein einzelnes weiteres Mal von ähnlicher Farbe, Form und Größe, das den anderen genau gegenüberlag.

Wie in Trance wandte ich den Kopf nach rechts und entdeckte am rechten Oberarm fast identische Flecken; sie lagen vielleicht ein bisschen weiter auseinander, aber Anordnung und Größe waren so gut wie gleich.

Schlagartig wurde mir klar, woher sie stammten, doch mein Verstand wehrte sich heftig gegen diese Erkenntnis.

Die schwarze Substanz an meiner Kehle, die ich für Schießpulver gehalten hatte, hätte genauso gut auch Staub oder anderer Schmutz sein können, aber diese bläulichen Male waren ganz eindeutig die Abdrücke von meine Arme umklammernden Fingern.

An das, was dann geschah, habe ich keinerlei Erinnerung. Ich weiß nur noch, dass ich mich später auf meinem Bett wiederfand und hörte, wie Mr. Dobson unserer Wirtin an der Zimmertür erklärte, dass ich einen Hitzschlag erlitten hätte und jetzt etwas Ruhe bräuchte.

Einige Zeit später erschien sie wieder, diesmal mit einer großen Schüssel Brühe. Zuerst glaubte ich, nichts herunterbekommen zu können, doch nach ein paar vorsichtigen Schlucken merkte ich, dass das nicht der Fall war, und leerte den Rest ohne Rücksicht auf gute Manieren in einem Zug. Anschließend schlief ich wieder ein und wachte erst gegen zehn Uhr am folgenden Morgen auf.

Der Rest ist schnell erzählt. Ich schonte mich noch einen Tag lang - mehr auf Mr. Dobsons Anordnung hin als aus eigenem Antrieb -, und dann gingen wir wieder ans Werk.

Als unsere Arbeit getan war, kehrten wir nach Leeds zurück, und im Herbst begann Mr. Dobson wie versprochen, mich zum Landvermesser auszubilden, wenn wir nicht gerade wegen eines neuen Auftrags unterwegs waren.

Allmählich verbesserte sich unsere Situation; es muss Vater zwar schwergefallen sein zu akzeptieren, dass nicht mehr er, sondern ich der Hauptverdiener war, aber er versuchte, sich das nicht anmerken zu lassen. Irgendwann haben wir uns auch ausgesprochen und versöhnt, aber ich bedaure heute noch, dass wir – nicht zuletzt wegen meines Starrsinns –, so viel Zeit damit verschwendet haben, zerstritten nebeneinander herzuleben.

Das, meine liebe Dolly, ist also die ganze Geschichte.

Mittlerweile kommt mir das Ganze manchmal so fern und unwirklich vor wie ein Traum, an den man sich beim Aufwachen nur noch halb erinnert, aber ich muss nur auf meine Arme schauen, um mich davon zu überzeugen, dass es wirklich passiert ist.

Ich habe diese Male nämlich immer noch. Zwar sind sie im Laufe der Jahre etwas verblasst, aber sie sind immer noch deutlich sichtbar, so wie auch die Schwielen an meinen Händen nie ganz verschwunden sind. Wie es aussieht, werden sie mich bis zu meinem letzten Atemzug an jenen Teil meines Lebens erinnern.

Bis heute verstehe ich nicht, was mir damals dort oben auf dem Sweetbriar Hill passiert ist. Ich weiß nur, dass dort oben etwas war, das mir meine größte Angst zeigte, eine Art dunkler Spiegel, in dem man nicht sieht, was wirklich ist, sondern das, was man am meisten fürchtet.

Es ist jetzt fast Morgen, aber ich hätte ohnehin nicht schlafen können, weil unser Streit mich so aufgewühlt hat. Es war mir sehr wichtig, diese Sache zu bereinigen, damit sie nicht zwischen uns steht wie jene andere zwischen meinem Vater und mir.

Ich liebe Dich viel zu sehr, um zu wollen, dass Du eine ähnliche Erfahrung machen musst. Wenn wir uns also nachher sehen, hoffe ich, dass wir miteinander Frieden schließen können und dass Du mich wenigstens ein bisschen verstehst, wenn Du dies hier gelesen hast.

Dein Dich liebender Vater

Benjamin Hawthorne

Leeds, 26. Juni 1837

Winter 1812/1813: Die Zeit der Reue

Manchmal verfluchte Sam Nicholls die kalten, klaren Winterabende, in denen der Schall weit trägt und jedes Geräusch übernatürlich deutlich zu hören ist.

Wenn an solchen Abenden die Kirchturmglocke seines Dorf sechs schlug, geriet er oft in Panik, denn der Klang einer Glocke in der Dunkelheit erinnerte ihn an die Nacht, in der er durch den Rohrkrepierer einer Muskete sein Augenlicht verloren hatte. Das war die Nacht vom 11. auf den 12. April 1812 gewesen; damals hatte eine Gruppe von Ludditen unter der Führung der jungen Tuchscherer George Mellor und William Thorp aus Longroyd Bridge in der Nähe von Huddersfield versucht, die Fabrik eines gewissen William Cartwright zu stürmen und die Schermaschinen zu zerstören, die ihre Existenz bedrohten, weil eine dieser Maschinen die Arbeitskraft mehrerer Männer ersetzte und somit den Beruf des Tuchscherers in absehbarer Zukunft überflüssig machen würde. Sie hatten schon vorher erfolgreiche Angriffe auf größere Manufakturen durchgeführt, deren Besitzer ebenfalls die neuen Maschinen angeschafft hatten, und jedesmal waren sie in der Dunkelheit verschwunden gewesen, bevor irgendjemand etwas gegen sie unternehmen konnte.

Auch Sam und sein bester Freund, der achtzehnjährige Sattlerlehrling John Booth aus Huddersfield, waren stets dabeigewesen. Sie hatten sich wochenlang vorher nachts im Moor getroffen und so lange gedrillt und Schießübungen abgehalten, bis ihnen jede Bewegung in Fleisch und Blut übergegangen war. Sie hatten sich durchnummeriert, damit Mellor Kommandos geben konnte, ohne die Namen seiner Mitstreiter zu verraten; um nicht erkannt zu werden, hatten sie zudem ihre Gesichter mit Ruß geschwärzt oder sich Masken aus Stoff angefertigt. Ein paar besonders Kreative hatten sich nicht darauf beschränkt, sondern in einer Mischung aus Trotz und Übermut Frauenkleider angezogen und sich „die Ehefrauen des General Ludd" genannt.

Der ständige Schlafmangel hatte Sam nach einer Weile ziemlich zugesetzt; eines Tages war er tatsächlich über seinem Mittagessen eingenickt, und obwohl seine Familie mit Sicherheit ahnte, was er nachts trieb, hatte nie jemand ein Wort darüber verloren. Dafür war er sehr dankbar gewesen, da es ihm so erspart blieb, sie anlügen zu müssen, um sie nicht als potenzielle Mitwisser in Gefahr zu bringen.

Als sie in jener mondlosen Nacht über das Moor auf Cartwrights Fabrik Rawfolds Mill zumarschierten, waren sie voller Zuversicht gewesen, auch dieses Mal erfolgreich zu sein und im Schutze der Nacht ungeschoren davonzukommen. Selbst die Tatsache, dass die Verstärkung aus Leeds und Halifax nicht eintraf, hatte ihren Enthusiasmus nur kurz dämpfen können.

Sie hatten es mühelos geschafft, die beiden vor dem Tor aufgestellten Wachen zu überwältigen und in den Hof der Fabrik zu gelangen, wo ein Teil von ihnen mit Pistolen auf die Fenster im Erdgeschoss und andere mit Musketen auf die im ersten Stock feuerten, während eine dritte Gruppe versuchte, mit schweren Schmiedehämmern die Fenster und die Haupttür einzuschlagen.

Die eisenbeschlagene Tür hielt jedoch stand, und als die ersten Schüsse aus dem oberen Stockwerk durch die Luft peitschten, wurde Sam schlagartig klar, dass sie einen schwerwiegenden Fehler gemacht hatten. Cartwright und seine Leute hatten dort oben eine hervorragende Deckung, doch die Ludditen unten im Hof waren völlig ungeschützt und boten den Verteidigern ein leichtes Ziel.

Als er einen Blick zur Seite warf, erkannte er, dass George Mellor, der nur ein paar Fuß von ihm entfernt stand und eine riesige Kavalleriepistole abfeuerte, das wohl auch bemerkt haben musste. Er wirkte panisch, bekam sich aber kurz darauf einigermaßen unter Kontrolle und fing an, Befehle zu geben.

Bald darauf jedoch erfüllte so viel beißender Pulverdampf den Hof, dass Sam kaum noch sehen konnte, was um ihn herum geschah. Lediglich das Mündungsfeuer der Musketen und Pistolen durchdrang den Dunst und erleichterte es Cartwright und seinen Leuten noch mehr, sie in der Dunkelheit auszumachen.

Jetzt begann die Glocke der Fabrik Sturm zu läuten, wohl um die in der Nähe stationierten Soldaten zur Hilfe zu rufen. Jemand - vielleicht Mellor – brüllte: „Bringt diese verdammte Glocke zum Schweigen!"

Weitere Schüsse zerrissen die Luft, aber sie schienen ohne Wirkung zu bleiben. Endlich verstummte die Glocke, und einen Moment lang sah es so aus, als hätte es jemand tatsächlich geschafft, sie auszuschalten. Kurz darauf fing sie jedoch wieder an zu läuten. Sam war mittlerweile so in Panik, dass er nicht mehr klar denken konnte. Er lud nur noch mechanisch seine Muskete nach und drückte ab, ohne zu überlegen, was er tat.

Plötzlich hörte er über den ohrenbetäubenden Lärm hinweg jemanden neben sich vor Angst und Schmerz aufschreien. Dann spürte er selbst etwas wie einen heftigen Schlag ins Gesicht, danach brennende Hitze und einen Schmerz, der ihm durch Mark und Bein ging. Er stand da wie betäubt, ohne zu begreifen, was passiert war, bis jemand ihn am Arm packte und eine Stimme, die er als die seines Kollegen Billy Edwards erkannte, ihn drängte, mitzukommen.

Benommen vor Schmerz und Schock ließ sich Sam vom Ort des Geschehens wegführen. Nach einer Weile blieb Billy stehen und erklärte ihm, dass sie jetzt zwar fürs erste in Sicherheit seien, dass es aber nicht lange dauern würde, bis die Soldaten ausschwärmen würden, um sie zu suchen. Er führte Sam zu einer der fast mannshohen Trockensteinmauern, die die einzelnen Felder und Wiesen voneinander abgrenzten. Er trug ihm auf, sich zu setzen und zu warten, während er, Billy, Hilfe holte. Dann zog er seinen eigenen Mantel aus und deckte Sam damit notdürftig zu.

Wie lange er dort kauerte, die Ellbogen auf den angezogenen Knien und den gesenkten Kopf mit den Händen stützend, konnte er nicht sagen. Später erzählten ihm seine Eltern jedoch,

dass Billy auf direktem Weg zum Haus der Nicholls' geeilt war, wo er ihnen kurz berichtet hatte, was geschehen war, und wo sie Sam finden konnten. Dann hatte er erklärt, er würde für eine Weile untertauchen, und war im Morgennebel verschwunden.

Wie sie sagten, hätten Mr. Nicholls und Johnny am liebsten sofort ihr Pferd Moth angespannt, um ihn heimzuholen, aber es wäre höchst verdächtig gewesen, wenn eine Patrouille sie zu dieser frühen Stunde angetroffen hätte.

Also hatten sie zusammen mit Mrs. Nicholls und Becky nervös und angespannt bis acht Uhr morgens gewartet. Sie hatten keine Ahnung gehabt, was sie als Erklärung dafür hätten vorbringen können, an einem Sonntagmorgen so früh mit einem Fuhrwerk auf dem Moor unterwegs zu sein, doch glücklicherweise waren sie jedoch sowohl auf dem Hin- als auf dem Rückweg unbehelligt geblieben.

Nachdem sie zu Hause angekommen waren, war Johnny sofort losgelaufen, um Dr. Baines, den im Nachbarort lebenden Arzt, zu holen. Der hatte Sams Wunden behandelt, und obwohl er sich mit Sicherheit denken konnte, woher sie stammten, hatte er weder Fragen gestellt noch irgendeine Bemerkung gemacht.

Das völlig zerstörte rechte Auge hatte er entfernen müssen; er hatte gehofft, wenigstens das linke retten zu können, doch als ein paar Tage später der Verband abgenommen werden konnte, zeigte sich, dass es so stark geschädigt worden war, dass Sam damit nur noch Hell und Dunkel unterscheiden konnte.

Er hatte an die ersten vier oder fünf Tage nach Rawfolds nur sehr verschwommene Erinnerungen, was, wie Dr. Baines ihm später erklärte, am Laudanum lag, der Opiumtinktur, die er ihm gegen die Schmerzen gegeben hatte. Über diese Tatsache war Sam überhaupt nicht unglücklich – ganz im Gegenteil.

Er erfuhr, dass Mellor und Thorp nach etwa zwanzig Minuten die Ausweglosigkeit ihrer Situation klar geworden war und dass sie beschlossen hatten, hektisch und ungeordnet den Rückzug anzutreten. Die fliehenden Ludditen hatten die meisten ihrer Waffen und anderen Gegenstände fallengelassen und versucht, wenigstens diejenigen Verwundeten zu retten, die aus eigener Kraft oder mit etwas Unterstützung laufen konnten. Zwei ihrer Kameraden hatten sie jedoch zurücklassen müssen. Der eine war ein Scherer namens Samuel Hartley, ein ehemaliger Angestellter von Cartwright, der seine Arbeit durch die vor kurzem angeschafften Schermaschinen verloren hatte. Er war von einer Musketenkugel in die Brust getroffen worden. Sams Freund John Booth hatte ein weiteres Geschoss ein Bein zerschmettert. Beide waren später ihren Verletzungen erlegen; John gegen sechs Uhr am folgenden Morgen, und Hartley hatte ihn nur um etwas mehr als einen Tag überlebt.

Mit letzterem war Sam nur flüchtig bekannt gewesen, daher berührte ihn dessen Hinscheiden nicht so sehr, doch der Tod seines Freundes, der seinen Idealismus und seine Hilfsbereitschaft mit dem Leben bezahlt hatte, war ihm sehr nahegegangen. Obwohl dieser Verlust und die Ereignisse von Rawfolds ihn oft in seinen Träumen verfolgten, sprach er nur selten darüber, um seine Familie nicht damit zu belasten.

Am darauffolgenden Samstag war sein Vater wie jede Woche nach Huddersfield gefahren, um seine Stoffe in der Tuchhalle zum Verkauf anzubieten, und wie so oft hatte er ein Exemplar des *Leeds Mercury* mitgebracht. Die Zeitung hatte berichtet, dass Johns Beerdigung eigentlich gegen Mittag am 16. April hatte stattfinden sollen. Doch weil patrouillierende Soldaten am Vortag große Mengen von Menschen auf dem Weg nach Huddersfield bemerkt hatten und man befürchtet hatte, dass es wie bei Hartleys Beisetzung am Tag zuvor in Halifax zu Unruhen kommen könnte, war sie überraschend auf sechs Uhr morgens vorverlegt worden. Genaueres erzählte ihm später ein gemeinsamer Freund aus der Stadt, der ihn besuchte und berichtete, dass die Bewohner einiger außerhalb der Stadt gelegenen Häuser die Worte „Rache für das Blut des Unschuldigen" in ihre Türen geritzt hatten. Trotz der Verlegung auf die frühen Morgenstunden hatten sich eine Menge Menschen eingefunden, um John die letzte Ehre zu erweisen. Diese Tatsache hatte Sam mit einer Art grimmiger Genugtuung erfüllt.

Besagter Freund erwähnte auch, dass George Mellor außer sich gewesen sei, als er die Nachricht von John Booths und Sam Hartleys Tod erhielt.

„Ich habe ihn noch nie so rasend gesehen. Er hat getobt und gewütet und geschworen, er würde Rache für die beiden nehmen. Will Thorp und ich mussten ihn festhalten, der Himmel weiß, was sonst passiert wäre."

Wie diese Rache aussah, hatte sich einige Tage später gezeigt. Mellor, Thorp und Smith sowie Ben Walker, ein weiterer Angestellter von Mellors Stiefvater John Wood, hatten zuerst versucht, Cartwright zu erschießen, hatten ihn aber verfehlt und sich stattdessen als nächstes Opfer den ebenfalls nicht sonderlich beliebten Fabrikanten William Horsfall aus Marsden ausgesucht.

Sie hatten ihm am späten Nachmittag des 28. April aufgelauert, als er auf dem Heimweg vom Markt in Huddersfield war, und mehrmals auf ihn geschossen. Trotz intensiver Nachforschungen hatte man die Attentäter zunächst nicht finden können. Erst viel später, im Oktober desselben Jahres, waren die drei von Walker verraten, festgenommen und nach York gebracht worden, wo sie auf ihren Prozess warteten.

Wenn Sam an jenen Tag im April zurückdachte, fragte er sich immer noch, wie sie so kurzsichtig hatten sein können, keine Vorkehrungen für einen eventuellen Rückzug zu treffen. Vielleicht hätten sie John und Sam Hartley dann retten können. Vielleicht wäre dann alles anders gewesen. Doch es war müßig, sich darüber Gedanken zu machen, jetzt war es zu spät.

Als Sam begriff, dass er nie wieder sehen würde, war er in eine tiefe Schwermut verfallen. Eine Zeitlang hatte es so ausgesehen, als würde er sich daraus nicht befreien können.

Seine Familie und Freunde hatten versucht, ihm zu helfen, aber letzten Endes war es der Weber Joe Wilkerson gewesen, der die richtigen Worte gefunden hatte. Joe war ein alter Freund der Familie, der während Sams Genesungszeit geholfen hatte, sich um ihn zu kümmern.

Früher hatten Sam und seine Geschwister ihn nach der Schule oft besucht, um ihm Gesellschaft zu leisten; obwohl er ansonsten ziemlich menschenscheu war, hatte er sich immer über diese Besuche gefreut und den dreien, während er webte, Geschichten erzählt, die er gehört oder gelesen hatte - meistens griechische Sagen, aber auch von dem tapferen Beowulf und seinem Kampf gegen das Ungeheuer Grendel. Zu dem Zeitpunkt war Sam bereits in der Lehre gewesen, aber da Johnny diese Geschichte besonders gut gefallen hatte, hatte er sie ihm beim

Abendessen begeistert wiedergegeben und ihn eine Zeitlang „Grendel" genannt, wenn er ihn necken wollte.

Mit Joe hatte Sam auch manchmal über Dinge geredet, die er sich mit seinen Eltern zu besprechen scheute, und der alte Weber hatte stets einen Rat gewusst. Das war auch jetzt der Fall.

„Ich kann deine Lage sehr gut verstehen", hatte er gesagt. „Als damals mein Auge durch eine Entzündung blind geworden ist, habe ich lange gebraucht, um das zu verarbeiten, und das, obwohl ich noch eins habe, das seinen Dienst versieht. Es ist ganz normal, einer verlorenen Fähigkeit hinterherzutrauern, aber irgendwann muss man damit aufhören und sich auf das besinnen, was man noch kann. Es hat ewig gedauert, bis ich das begriffen habe, und das möchte ich dir gerne ersparen."

Zuerst war Sam über diese Bemerkung verärgert gewesen, und ihm hatte eine schnippische Antwort auf der Zunge gelegen. Doch nachdem er sich einen Moment lang besonnen hatte, schluckte er sie hinunter, denn er musste zugeben, dass Joe in dieser Hinsicht recht hatte. Auch wenn er nicht mehr in der Lage war, als Tuchscherer zu arbeiten, konnte er immerhin bei etlichen Tätigkeiten im Haushalt helfen. Becky hatte versprochen, ihm das Handspinnen beizubringen; außerdem war er immer noch fähig zu stricken und damit wenigstens ein bisschen zum Lebensunterhalt der Familie beitragen.

Bei komplizierteren Arbeitsschritten musste er sich zwar helfen lassen, aber den größten Teil schaffte er zum Glück allein.

Becky verkaufte Sams Erzeugnisse auf dem Markt, und bei einer dieser Gelegenheiten hatte sie die Bekanntschaft eines jungen Uhrmachers namens Silas Briggs gemacht. Die beiden hatten einander vom ersten Moment an sympathisch gefunden, daher war Silas jetzt häufiger bei den Nicholls' zu Gast.

Sam mochte den Verehrer seiner Schwester und freute sich für sie, doch manchmal überkam ihn der Gedanke, dass es zu Hause ein wenig einsam werden würde, wenn Becky heiratete und auszog. Aber wenn ihm so etwas in den Sinn kam, schob er es stets schnell beiseite und sagte sich, er solle nicht immer so egoistisch sein und den beiden ihr Glück gönnen.

Seine überlebenden Freunde besuchten ihn natürlich so oft wie möglich, aber er wäre auch zu gerne wie früher mit ihnen ins „The Shears" in Liversedge oder zu einem ihrer anderen alten Treffpunkte gegangen. Aus Angst davor, dass ihn jemand als einen der an dem Angriff auf Rawfolds Beteiligten erkennen würde, verzichtete er jedoch lieber darauf.

Seine Muskete war ja unter den zurückgelassenen Gegenständen gewesen, und man musste nicht besonders scharfsinnig sein, um einen Zusammenhang zwischen einer Muskete mit zerfetztem Lauf und einem blinden ehemaligen Tuchscherer herzustellen, dessen rechte Wange von in die Haut eingebrannten Pulverkörnchen bläulich gesprenkelt war.

Er freute sich stets über die Besuche seiner Freunde und ehemaligen Kollegen, doch er konnte sich nicht dazu überwinden, die Manufaktur seines Vaters zu besuchen, in der er gearbeitet hatte. Das weckte zu viele schmerzliche Erinnerungen; zudem bedrückte es ihn, dass sie zwar noch existierte, ihre Tage aber gezählt waren. Sie hatten immer noch ein paar Stammkunden, die von Hand bearbeitete Tuche bevorzugten, aber es waren deutlich weniger als noch vor einem Jahr.

Als die wirtschaftliche Lage noch besser war, hatten sie stets fünf Scherer und einen oder zwei Lehrlinge beschäftigen können; jetzt waren es nur noch zwei, nämlich die Brüder Rowland und Jemmy Burke. Martin Walker hatte sein Glück woanders versucht, und was aus Billy Edwards geworden war, wusste immer noch keiner. Auch Johnny war nicht mehr da, denn seit Juni arbeitete er in der Fabrik der Gebrüder Starkey in Longroyd Bridge, in der die Wollstoffe ebenfalls nicht mehr von Hand, sondern von Maschinen veredelt wurden.

Eines Abends hatten sie alle zusammen am Tisch gesessen, als Johnny plötzlich das Wort ergriff. „Ich habe heute gehört, dass sie bei Starkey's Arbeiter suchen. Vielleicht sollte ich da mal vorsprechen und fragen, ob sie mich gebrauchen können." Er versuchte, das leichthin und unbeteiligt zu sagen, aber Sam hörte am Tonfall seines Bruders, dass ihm die Entscheidung nicht leichtfiel.

Mrs. Nicholls wollte protestieren, doch Johnny ließ das nicht zu.

„Ich habe in den letzten Tagen und Wochen viel nachgedacht. Was bringt es mir denn, meine Lehre fertig zu machen, nur um dann auf der Straße zu stehen, weil keiner mehr Tuchscherer braucht? Besser, ich ergreife jetzt diese Gelegenheit." Er seufzte tief. „Es fällt mir nicht gerade leicht, das könnt ihr mir glauben. Aber ich denke, es gibt keine andere Möglichkeit."

Nach kurzem Zögern hatten Mr. und Mrs. Nicholls zugestimmt, und so hatte sich Johnny am darauffolgenden Freitag auf den Weg nach Longroyd Bridge gemacht.

Als er dort ankam, bemerkte er, dass die Fabrik der Gebrüder Starkey nur ein paar Yards von der Werkstatt von John Wood stand. Die Ironie dieser Tatsache entging ihm keinesfalls. Man hatte ihn sofort eingestellt und ihm gesagt, er solle am folgenden Montag beginnen. Da die Entfernung zwischen seiner Arbeitsstätte und seinem Heimatdorf zu weit war, um sie jeden Tag zurückzulegen, sahen sich Johnny und seine Familie seitdem nur noch an den Wochenenden.

Als er nach der ersten Woche nach Hause kam, hatte er versucht, so munter und fröhlich wie immer zu wirken; Sam hatte jedoch an der Stimme seines Bruders gemerkt, dass er erschöpft und ein wenig niedergeschlagen war.

Wie Johnny erzählte, war ihm die Umstellung zuerst sehr schwer gefallen. In der Manufaktur seines Vaters hatte es natürlich auch feste Arbeitszeiten geben, und je nach Auftragslage war so mancher Arbeitstag auch sehr lang gewesen. Doch jeder hatte selbst bestimmen können, wann er eine Pause machte; ebenso war es kein Problem gewesen, die versäumten Stunden später nachzuholen, wenn jemand aus irgendwelchen Gründen früher nach Hause musste. In der Fabrik dagegen war es der Klang der Glocke, der den Tagesablauf bestimmte.

Luke Armitage, der Aufseher, der Johnny eingestellt hatte, hatte durchblicken lassen, dass er im Gegensatz zu ihren Arbeitgebern sehr wohl Verständnis für die Ludditen und die Situation der Weber und Tuchscherer hatte, und dank seiner hatte Johnny sich nach einer Weile einigermaßen eingelebt.

Jeden Samstag nach Feierabend machte er sich sofort auf den etwa sechs Meilen langen Weg nach Hause, wo er meistens rechtzeitig zum Abendessen eintraf. Im Sommer hatte er sonntags erst spätabends nach Longroyd Bridge zurückkehren können, doch als die Tage kürzer wurden, musste er zum Leidwesen aller bereits kurz nach der Teestunde aufbrechen.

In einer Samstagnacht Ende Oktober wachte Sam plötzlich auf, weil er glaubte, Schritte neben seinem Bett gehört zu haben. Da er vermutete, dass Johnny aufgestanden war, um den Nachttopf zu benutzen, drehte er sich um und beschloss, wieder einzuschlafen. Kurze Zeit später schreckte er jedoch erneut hoch, weil er das beängstigende Gefühl hatte, jemand stünde neben ihm und starre ihn an. Er wollte den Arm ausstrecken, um zu fühlen, ob da jemand war, doch mit Entsetzen bemerkte er, dass er sich nicht rühren konnte. Panik stieg in ihm auf, und sein Herz begann zu rasen. Als sich die Erstarrung endlich löste, schien es ihm, als seien Stunden vergangen, auch wenn es in Wirklichkeit nicht mehr als ein paar Minuten gewesen sein konnten. Er setzte sich auf und tastete hektisch in der Dunkelheit herum; dabei stieß er gegen den Stuhl, auf dem seine Kleider lagen. Das dadurch verursachte Geräusch weckte Johnny, der sich schlaftrunken erkundigte, was los sei.

Plötzlich kam sich Sam albern vor, weil er so überreagiert hatte. „Ach, nur ein komischer Traum. Weiter nichts."

Er hörte, wie Johnny sich aufsetzte. „Bist du dir sicher?"

Sam seufzte leise. „Ja, bin ich. Und jetzt hör bitte auf, die Glucke zu spielen. Du bist ja schlimmer als Mum!"

Johnny lachte. „Zu Befehl. Gute Nacht, Grendel."

„Du mich auch, Narzissus", erwiderte Sam und freute sich insgeheim, dass Johnny ihre altvertraute Neckerei nicht vergessen hatte. Schon bald verriet ihm das tiefe, regelmäßige Atmen seines Bruders, dass er eingeschlafen war. Sam drehte sich wieder auf die Seite und lauschte auf das Pfeifen des Windes. Kurz darauf wurde auch er vom Schlaf übermannt, und der Rest der Nacht verlief ohne besondere Vorkommnisse.

Auch wenn sich seit April in Huddersfield und Umgebung jede Nacht Überfälle der Ludditen ereignet hatten, hatte es dennoch so ausgesehen, als sei die Situation einigermaßen unter Kontrolle. Im Juni spitzte sich die Lage jedoch mehr und mehr zu, und Anfang August hatte es den Anschein, als könne dort demnächst eine Revolution ähnlich der in Frankreich vor einigen Jahren stattfinden. Aus diesem Grund waren rund eintausend Soldaten nach Norden abkommandiert und in den Gasthöfen in und um die Stadt einquartiert worden. Außerdem gerieten alle des Lesens und Schreibens kundigen Handwerker aufgrund der Drohbriefe der Ludditen an Fabrikanten, die die neuen Maschinen einsetzten, unter Generalverdacht, egal, ob sie Weber und Tuchscherer waren oder einem anderen Gewerbe angehörten.

Da auch Silas unter diese Kategorie fiel, sorgten sich Becky und ihre Familie natürlich um ihn. Gewiss, er hatte als Uhrmacher eigentlich keinen Grund, sich den Ludditen anzuschließen, aber diese Tatsache traf auch auf John Booth und viele andere zu. Kurz und gut, die Lage war sehr angespannt und es sah nicht so aus, als würde sich das in der nächsten Zeit bessern.

An einem Samstag gegen Ende des Monats hatte Mr. Nicholls wie immer die neueste Ausgabe des *Leeds Mercury* mitgebracht. Seit Sams Erblindung lasen ihm die übrigen Familienmitglieder die Zeitung vor, und heute war sein Vater an der Reihe.

Er hörte rechts von sich ein Rascheln, als Mr. Nicholls das Blatt entfaltete. In diesen schwierigen Zeiten war der Kauf einer Zeitung eigentlich ein unnötiger Luxus, doch Sams Vater hatte sich entschlossen, seiner Familie und den beiden verbliebenen Scherern nicht die Möglichkeit zu nehmen, sich über die Vorgänge im Lande und im Rest der Welt zu informieren.

Früher war Sam selbst einer derjenigen gewesen, die in den Mittagspausen ihren Kollegen aus dem *Leeds Mercury* oder dem *Gentleman's Magazine* vorgelesen hatten; jetzt war es genau umgekehrt, und er war der passive Zuhörer.

Bei dieser Gelegenheit fiel ihm einmal mehr auf, wie sehr ihm das Lesen fehlte – fast noch mehr als seine Arbeit, die er trotz der mit ihr verbundenen Anstrengungen sehr geliebt hatte. Als sein Vater vorlas, dass in Sheffield ein Mann ein paar Kartoffeln gestohlen und dafür zu zwölf Monaten Zuchthaus in Wakefield verurteilt worden war, kam ihm der Gedanke, dass eine Revolution vielleicht nicht das Schlechteste wäre – vorausgesetzt, sie gelang und scheiterte nicht so jämmerlich wie ihr Versuch, Cartwrights Fabrik zu erstürmen. Glücklicherweise kam es jedoch nicht so weit, und gegen Ende des Jahres normalisierten sich die Zustände wieder einigermaßen. Doch Sam trug immer noch schwer an seinen Schuldgefühlen und Selbstvorwürfen, auch wenn er sich Mühe gab, sich nichts anmerken zu lassen.

Mitte Dezember traf ein Brief mit einem Weihnachts- und Neujahrsgruß von der ältesten Tochter Martha und ihrem Mann aus Scarborough ein, über den sich alle freuten und beschlossen, die beiden im nächsten Jahr endlich einmal wieder zu besuchen.

Die Nicholls' verbrachten die Weihnachtstage im Kreis der Familie, aber sie entschieden sich, in diesem Jahr eine kleine Neujahrsfeier auszurichten. Dazu luden sie Joe ein, um sich für seine Hilfe mit Sam erkenntlich zu zeigen. Er bedankte sich herzlich, beteuerte aber, dass das doch selbstverständlich gewesen sei und keiner weiteren Erwähnung bedürfe.

Außer Joe würden auch noch Mrs. Nicholls' beste Freundin Alice Stephens und ihr Mann George sowie Agnes und William Buckley, die Eltern ihres im letzten Herbst auf so tragische Weise ums Leben gekommenen Lehrlings Toby, mit ihnen feiern.

Nach dem Tod des Jungen hatten die Nicholls' sich um seine tief betrübten Eltern gekümmert, und nach einer Weile hatte sich zwischen den beiden Ehepaaren eine herzliche Freundschaft entwickelt. Die Buckleys trauerten immer noch sehr um ihr einziges Kind, aber mittlerweile fühlten sie sich imstande, wenigstens ein bisschen am gesellschaftlichen Leben teilzunehmen.

Natürlich hatten sie auch Silas eingeladen. Leider konnte er jedoch nicht kommen, da er drei Tage zuvor unglücklich auf dem verschneiten Pflaster ausgerutscht war und sich das Knie gezerrt hatte. Er ließ durch den Sohn seiner Wirtin ausrichten, dass es ihm zwar den Umständen entsprechend gut gehe, er aber nicht in der Lage sei, weite Strecken zu laufen. Becky und ihre Familie hatten das sehr bedauert und dem Jungen eine Nachricht mitgegeben, in der sie Silas gute Besserung wünschten und ihm versprachen, ihn am Neujahrstag zu besuchen.

Sam hatte zwar Bedenken geäußert, nach Huddersfield mitzukommen, aber seine Eltern hatten ihm versichert, dass es bei der Kälte nicht auffallen würde, wenn er sich bis zur Nase in einen Schal hüllte und so die

Pulverspuren verdeckte. Diese Aussicht beruhigte ihn und sorgte dafür, dass er sich sogar auf den Ausflug freute.

Agnes und Alice kamen schon am Nachmittag, um bei den Vorbereitungen zu helfen, während sich ihre Männer darum kümmerten, dass ausreichend Kohle und Feuerholz vorhanden waren. Johnny holte Wasser aus der Zisterne der Manufaktur, und Mr. Nicholls und Joe machten sich auf den Weg zum „The Shears", um Getränke zu besorgen.

Auch für Sam gab es etwas zu tun – er sorgte dafür, dass die im Voraus zu kochende Füllung für die Fleischpasteten nicht anbrannte, und half Becky dabei, Muffins zu formen, die sie später auf dem Herd backen würde. Zu seiner Überraschung stellte er fest, dass ihm letzteres sogar Spaß machte, und schon bald wetteiferten seine Schwester und er spielerisch darum, wer schneller war.

Bei dem Gedanken an die Glocken, die um Mitternacht das neue Jahr einläuten würden, wurde es ihm ein wenig flau im Magen. Er sagte sich jedoch, dass er nicht ständig vor seinen Ängsten davonlaufen könne und dass diese Situationen nur dann ihren Schrecken verlieren würden, wenn er sich ihnen stellte. Außerdem würde es in solch netter Gesellschaft wohl schon nicht so schlimm werden.

Es war in der Tat eine sehr schöne und ausgelassene Feier. George Stephens, der ein begabter Fiedler war, brachte sein Instrument mit und unterhielt die Festgesellschaft nach dem Essen mit fröhlichen Jigs und Hornpipes.

Seine Frau hatte als Gastgeschenk eine große Portion Parkin beigesteuert, einen köstlichen, süßen Sirupkuchen aus Hafermehl, dem alle begeistert zusprachen.

Als es auf Mitternacht zuging, holte Mr. Nicholls die für diesen besonderen Anlass aufgehobene Flasche Portwein aus dem Schrank und goss allen ein.

Als Sam mit den anderen auf das neue Jahr anstieß, stellte er erleichtert fest, dass ihm das Läuten nichts ausmachte. Ganz im Gegenteil, er war entspannt und bester Stimmung, und das lag nicht nur am Bier und dem süßen Wein.

Sie saßen noch eine Weile beisammen, bis sich Joe erhob, den Nicholls' für den schönen Abend dankte und erklärte, er sei müde und wolle jetzt ins Bett.

Kurz darauf verabschiedeten sich auch die anderen Gäste. Die Nicholls' beschlossen, ebenfalls schlafen zu gehen.

Nachdem er sich ausgezogen hatte, schlüpfte Sam eilig in sein Nachthemd und kroch unter die Decke. Er streckte sich mit einem zufriedenen Seufzer aus und genoss die wohlige Wärme; da es sehr kalt war, hatte Mrs. Nicholls nämlich in weiser Voraussicht zuvor im Feuer erhitzte Ziegelsteine in alle Betten gelegt. Kurz darauf kam auch Johnny ins Zimmer und machte sich für die Nacht bereit.

Nachdem die beiden noch ein paar Worte gewechselt hatten, wünschten sie einander eine gute Nacht. Kurz darauf schliefen sie tief und fest.

Irgendwann später wachte Sam auf und verstand nicht, warum. Er hatte weder schlecht geträumt, noch war es so, dass ihn wegen des am Abend genossenen Biers die Blase drückte oder er irgendein Unwohlsein verspürte. Er versuchte wieder einzuschlafen, aber eine ihm unerklärliche Anspannung hielt ihn davon ab. Dennoch versuchte er es, doch als er merkte, dass es sinnlos war, stand er auf, zog sich an und ging hinunter in die Küche. Dort schüttete er eine Schaufel Kohlen auf das schon ziemlich heruntergebrannte Feuer im Herd, setzte sich auf die Küchenbank und griff nach dem stets bereitliegenden Strickzeug.

Normalerweise beruhigte ihn diese Tätigkeit, aber heute funktionierte das nicht. Im Gegenteil, seine Nervosität und Angespanntheit schienen diesmal schlimmer statt besser zu werden. Plötzlich hatte er das unerklärliche Gefühl, jemand stehe neben ihm. Doch da er niemanden hatte hereinkommen hören, konnte das eigentlich nicht sein.

„Ist ... ist da jemand?", fragte er und ärgerte sich, dass seine Stimme so dünn und ängstlich klang. „Mum? Dad? Becky? Johnny?"

Er lauschte in die Stille, nahm aber nichts wahr außer dem Prasseln des Feuers und dem Ticken der kleinen holländischen Uhr. Allem Anschein nach war er allein in der Küche, doch er spürte diese mysteriöse Präsenz immer noch, und sie jagte ihm fürchterliche Angst ein. Er sprang auf und tastete sich in Richtung Tür, in der Hoffnung, seinen Verfolger so abschütteln zu können. Dann hastete er die Treppe hoch, wobei er einmal stolperte und sich schmerzhaft das Knie anschlug. Als er oben ankam, hörte er, wie eine Tür geöffnet wurde, und kurz darauf die besorgte Stimme seines Vaters.

„Sam? Was ist passiert?"

Als er eine Hand auf seiner Schulter spürte, wich Sam erschrocken zurück und hätte fast aufgeschrien, doch dann begriff er, dass sie seinem Vater gehörte. Erneut schämte er sich dafür, dass er so panisch reagiert hatte; sicher war dieses Gefühl, nicht allein zu sein, wie üblich nichts als das Überbleibsel eines Alptraums gewesen.

Seine Knie gaben nach, und er musste sich gegen die Wand lehnen.

„Ach, nichts ... ich habe nur wieder mal schlecht geträumt, das ist alles."

Sein Vater legte ihm den Arm um die Schultern.

„Geh zurück ins Bett", sagte er sanft. „Wenn du willst, bleibe ich bei dir, bis du wieder eingeschlafen bist. So wie früher, weißt du noch?"

Als kleines Kind hatte Sam eine Zeitlang unter Nachtangst gelitten, und damals war es üblicherweise sein Vater gewesen, der ihn getröstet und beruhigt hatte. Becky war damals erst wenige Wochen alt gewesen und hatte jede Nacht mehrfach nach der Brust verlangt. Damit seine Frau wenigstens ab und zu ein paar Stunden durchschlafen konnte, hatte sich Mr. Nicholls in solchen Fällen immer um ihn gekümmert.

Er ließ es zu, dass sein Vater ihn in sein Zimmer führte und tatsächlich bei ihm blieb, bis der Schlaf ihn übermannte.

Als er am nächsten Morgen aufwachte, kam ihm sein nächtliches Erlebnis vollkommen unwirklich vor. Mit Sicherheit war es doch nur ein lebhafter Traum gewesen, ausgelöst durch den Klang der Glocke, und womöglich hatte dieser Traum die Nachtangst seiner Kindheit wieder heraufbeschworen.

Er war froh, dass sein Vater die Vorkommnisse der letzten Nacht beim Frühstück mit keinem Wort erwähnte, und auch seine Mutter, Johnny und Becky sagten nichts, obwohl sie mit Sicherheit mitbekommen hatten, was passiert war.

Als Mr. Nicholls am nächsten Samstagabend nach Hause kam, berichtete er wie immer von den Ereignissen des Tages. Plötzlich jedoch zögerte er und schien zuerst nicht weitersprechen zu wollen. Schließlich fasste er sich ein Herz. „Irgendwann wirst du es ohnehin erfahren, Sam, also erzähle ich es dir lieber jetzt. Als ich beim Scherenschleifer war, hat der mir erzählt, dass George Mellor, William Thorp und Thomas Smith gestern Morgen in York gehängt wurden, wegen ... wegen der Sache mit Horsfall. Sein Bruder war in der Stadt, als die Hinrichtung stattfand, und hat sich anschließend sofort auf den Rückweg gemacht, um davon zu berichten. Er sagte, die sterblichen Überreste der drei seien nicht etwa ihren Familien übergeben worden, wie es üblich ist, sondern man hätte sie den Ärzten des County Hospital in York für anatomische Studien überlassen."

Er räusperte sich und legte Sam eine Hand auf den Arm. „Es tut mir wirklich leid, mein Junge."

Sam fühlte sich, als habe man ihm einen Schlag in den Magen versetzt. Mellor, Thorp und Smith waren zwar eher Bekannte als Freunde gewesen, und ihm war natürlich bewusst, dass ihre Tat moralisch nicht zu vertreten war, aber er konnte ihre Motivation durchaus nachvollziehen. Und wer weiß, vielleicht hätte er sich ihnen ja angeschlossen, wenn er nicht durch seine eigene Verwundung aus dem Verkehr gezogen worden wäre. Womöglich hätte er dann am vergangenen Freitag zusammen mit ihnen im Hof des Gefängnisses von York seinen letzten Weg antreten müssen. Wer konnte das schon sagen?

Plough Monday, der „Pflugmontag", war der erste Montag nach dem Dreikönigstag. Er markierte den Beginn des neuen Ackerbaujahres und war selbst in diesen schwierigen Zeiten ein fröhliches und ausgelassenes Fest. Dieses Jahr fiel er auf den 11. Januar, und die Stephens' hatten sie eingeladen, mit ihnen zu feiern. Obwohl ihn der Gedanke an die Hinrichtung seiner drei Kameraden immer noch bedrückte, hatte Sam sich schon darauf gefreut. Leider hatte er sich aber kurz zuvor eine heftige Erkältung zugezogen und war überhaupt nicht in der Stimmung für ein Fest.

Am Sonntagabend ging er früh zu Bett, in der Hoffnung, dass der Schlaf ihm gut tun würde. Als er jedoch am nächsten Morgen aufwachte, stellte er fest, dass das nichts geholfen hatte; im Gegenteil, er fühlte sich wie zerschlagen und hatte starke Kopf- und Halsschmerzen.

„Ich denke, es ist besser, wenn ich nachher nicht mitkomme", erklärte er mit heiserer Stimme beim Frühstück. „Es würde euch doch nur die Stimmung verderben, wenn ich wie ein Trauerkloß dasäße und nur in meinem Essen herumstocherte. Und viel reden kann ich ja ohnehin nicht." Er trank einen Schluck Tee. „Ich werde einfach noch ein bisschen am Feuer sitzen, wenn ihr weg seid, und mich dann aufs Ohr legen. Morgen ist bestimmt wieder alles in Ordnung."

„Gut, aber ich werde Joe fragen, ob er gegen Abend vorbeikommen kann", sagte Mrs. Nicholls. „Ich weiß, du wirst jetzt sagen, dass du kein Kindermädchen brauchst, aber ich fühle mich einfach wohler, wenn du nicht allein bist."

Sam seufzte leise. „Na schön, meinetwegen."

„Ich habe dir eine Kanne Salbeitee gemacht", erklärte Mrs. Nicholls. „Sie hängt über dem Feuer, damit der Tee warm bleibt. Und solltest du Hunger bekommen, weißt du ja, wo die Haferpfannkuchen und das Sirupkännchen sind."

„Danke, Mum", erwiderte Sam.

„Wir bringen dir ein paar von Alices Muffins und andere gute Sachen mit", versprach Becky.

Normalerweise hätte sich Sam über solch ein Angebot gefreut, denn er liebte das zarte helle Hefegebäck, doch im Moment konnte er sich für Essen überhaupt nicht begeistern.

„Das hört sich gut an", sagte er dennoch, um seine Familie nicht vor den Kopf zu stoßen. „Und jetzt macht euch endlich auf den Weg, sonst ist das Beste schon weg, bevor ihr kommt!"

„Wenn du willst, bleibe ich bei dir, bis Joe kommt", bot Becky an. „Wir haben Halbmond, da finde ich meinen Weg auch nach Sonnenuntergang. Notfalls kann ich ja eine Laterne mitnehmen."

„Nein, geh nur", sagte Sam. „Ich komme zurecht. Wirklich."

„Bist du dir sicher?", fragte seine Mutter. Mit einem Lächeln hielt Sam sein Strickzeug hoch.

„Bis heute Abend werde ich weder verhungern noch verdursten, und Beschäftigung habe ich auch." Er lachte ironisch. „Ich verspreche euch, dass ich keinen Unsinn machen werde. Das habe ich ein für allemal hinter mir."

Nachdem seine Eltern und Becky gegangen waren, ließ er sich auf seinem Lieblingsplatz am Feuer nieder. Obwohl er keinen Appetit hatte, holte er sich trotzdem einen Haferpfannkuchen, verzichtete aber auf den Sirup.

Er nahm einen Schluck Tee und stellte erfreut fest, dass er seinem wunden Hals gut tat.

Da er sich immer noch müde und zerschlagen fühlte, legte er nach kurzer Zeit sein Strickzeug weg und beschloss, nur ruhig dazusitzen und auf Joe zu warten. Auch wenn er vorhin protestiert hatte, war er jetzt doch froh, dass sein alter Freund nachher vorbeikommen würde, um ihm Gesellschaft zu leisten.

Er lehnte sich zurück, knabberte an dem Haferpfannkuchen und genoss die Wärme des Feuers, die seine Kopfschmerzen und das Druckgefühl in seinen Wangenknochen ein wenig linderte.

Irgendwann nickte er ein, schreckte aber hoch, als er das Gefühl hatte, von einer Hand an der Schulter berührt zu werden.

„Verdammt, Joe, musst du mich so erschrecken?", fragte er gereizt und noch ein wenig schlaftrunken. Er erwartete, eine bissige Antwort von dem alten Weber zu hören, aber nichts dergleichen geschah.

Sam setzte sich auf. „Johnny, ist das wieder einer deiner idiotischen Scherze? Solltest du nicht schon längst wieder in Longroyd Bridge sein?"

Wenn es sein Bruder gewesen wäre, hätte er sich spätestens jetzt durch irgendeine Lautäußerung bemerkbar gemacht, denn er schaffte es nie lange, ernst zu bleiben. Doch das Einzige, das er wahrnahm, war eine Stille, die so vollkommen war, dass er vermeinte, das Blut in seinen Ohren rauschen zu hören.

Langsam wurde Sam die Sache unheimlich. Er hoffte darauf, dass sich der Eindringling durch irgendein Geräusch verriet, doch nichts dergleichen geschah.

Plötzlich jedoch hörte er eine leise, sanfte Stimme; seltsamerweise hatte er aber das Gefühl, dass sie in seinem Kopf erklang und nicht in seinen Ohren.

„Ich bin es, Sam. Kennst du mich denn nicht mehr?"

Sam fühlte sich, als habe sein Herz einen Schlag ausgesetzt, als er die Stimme erkannte.

„John? Aber … aber du bist doch …"

„Ja, ganz richtig", erwiderte die Stimme. „Ich bin tot, Sam, und weißt du, warum? Weil ihr mich zurückgelassen habt, du und George und die anderen. Ihr habt nur daran gedacht, eure eigene Haut zu retten, und Sam Hartley und mich habt ihr weggeworfen wie Abfall."

Ein Schreck fuhr Sam durch Mark und Bein. Er hatte den Eindruck, seinen Freund vor sich sehen zu können – doch wie konnte das sein?

„Warum kann ich dich denn sehen?", flüsterte er erschrocken. „Ich … ich bin doch blind!"

„Weil ich in deinem Kopf bin", erwiderte John. „Ich bin in deinen Gedanken, Sam, so wie ich es hätte sein sollen, als ihr von Rawfolds geflüchtet seid."

Dieser Gedanke zerriss Sam fast das Herz. „Aber John – ich wusste doch selber nicht, was geschehen ist. Hätte ich eine Möglichkeit gehabt, dich zu retten, ich hätte es getan, glaube mir! Ich war selbst verletzt, und du siehst ja, was aus mir geworden ist. Du kannst mich doch sehen, nicht wahr?"

Plötzlich erfüllte ihn eine tiefe Trauer und Verzweiflung.

Das Wesen, das sich für John Booth ausgab, lachte freudlos.

„Trauerst du um mich, Sam, oder trauerst du vielleicht nur um dich selber? Ging es denn nicht immer nur um dich, egal, was du getan hast?"

Jetzt begriff Sam. „Du bist nicht John!", schrie er. „Auch wenn du so aussiehst wie er, du bist es nicht. Wir waren die besten Freunde, und er hätte mir nie solch grausame Vorwürfe gemacht, egal, wie wütend er auf mich gewesen wäre. Er hätte verstanden, dass ich keine Wahl hatte."

„Tatsächlich?", fragte das Wesen mit Johns Stimme höhnisch. Dann begann es, sich zu verwandeln.

Dem ersten Eindruck nach sah es immer noch aus wie Sams verstorbener Freund, doch hinter der Gestalt des schmächtigen Jünglings schien etwas anderes zu lauern, etwas Schreckenerregendes, das Sams Verstand kaum erfassen konnte. Es war wie das grausame Zerrbild einer menschlichen Gestalt, in deren Augen Hass und blanke Verachtung loderten. Das allein war schon schlimm genug, doch noch schlimmer war für ihn die Tatsache, dass diese Kreatur in seinem Kopf war, sodass es keine Möglichkeit gab, dem schrecklichen Anblick zu entkommen.

„Du bist nicht wirklich!", stieß er hervor, aber sein unheimliches Gegenüber störte sich nicht daran. Sein flackernder Blick schien sich tief in Sams Seele zu bohren.

„Was bist du denn schon?", zischte die Alptraumgestalt. „Nur ein eigensüchtiger, selbstverliebter Narr, jemand, der keine Hemmungen hatte, seinen Freund zu opfern, um seine eigene Haut zu retten. Und du hast noch nicht einmal den Mut gehabt, sein Grab zu besuchen, du elender Feigling."

Jetzt begriff Sam, dass es kein Entkommen gab.

„Dann mach doch endlich ein Ende", bat er eindringlich.

„Das werde ich tun", erwiderte das Wesen, „aber erst später, viel später. Noch bin ich nicht fertig mit dir."

Es hob eine missgestaltete Klaue und schlug Sam ins Gesicht. Als sie ihn berührte, verlor er die Kontrolle über seinen Körper; seine Muskeln erschlafften, er glitt von der Bank und fiel zu Boden. Sofort war die schreckliche Kreatur über ihm und umschlang ihn. Er spürte ein Brennen am ganzen Körper und kurz darauf einen immensen Druck auf der Brust, der es ihm fast unmöglich machte zu atmen und ihn in Panik versetzte.

Seine Lungen brannten, und das Gefühl zu ersticken wurde so quälend, dass Sam glaubte, er müsse sterben.

„Hör gut zu", forderte ihn sein Widersacher auf. „Dein Freund John ist nämlich nicht der einzige, den du auf dem Gewissen hast." Er fing an, Namen aufzuzählen, von denen etliche Sam nichts sagten; einige erkannte er jedoch als die seiner Mitstreiter. Da er nicht mehr genug Luft zum Sprechen hatte, flehte er seinen Peiniger in Gedanken an, von ihm abzulassen.

„Oh, du bettelst also?", spottete das Wesen. „Der stolze Sam Nicholls? Wie tief du doch gesunken bist, mein Lieber. Aber das macht nichts, umso mehr werde ich das hier genießen."

Seine Umklammerung wurde noch fester, und es fühlte sich an, als raube sie Sam sämtliche Lebenskraft.

Gerade als er dachte, er könne es nicht länger ertragen, vernahm er plötzlich eine vertraute Stimme, die seinen Namen rief. Als er erkannte, dass diese Stimme Joe gehörte, wollte er ihm antworten, doch er konnte es nicht. Er spürte, wie jemand ihn bei der Schulter packte und heftig schüttelte. Kurz darauf ließ der schreckliche Druck auf seiner Brust endlich nach, und er holte tief und keuchend Atem.

Es war fast wie vor ein paar Jahren, als er im Winter im Mühlteich der Walkmühle eingebrochen war und das Gewicht seiner mit Wasser vollgesogenen Kleidung ihn hatte untergehen lassen wie einen Stein. Außerdem hatte die eisige Kälte nach kurzer Zeit seine Gliedmaßen gelähmt und trotz des quälenden Lufthungers in ihm den Wunsch geweckt, den zwecklos erscheinenden Kampf gegen das Ertrinken einfach aufzugeben.

Doch dann hatte ihn jemand am Kragen seines Mantels gepackt, und ein anderer hatte seine Hand ergriffen. Er hatte diese Hand gepackt und nicht losgelassen, bis er am rettenden Ufer war. So ähnlich war ihm jetzt auch zumute, nur dass es keine Hand war, an die er sich klammerte, sondern der Klang von Joes Stimme, die aus weiter Ferne zu kommen schien.

„Sam, wenn du mich hörst, gib mir irgendein Zeichen!", beschwor ihn der alte Mann.

Er versuchte erneut, etwas zu sagen, aber alles, was er hervorbringen konnte, war ein heiserer, unartikulierter Laut.

„Hab keine Angst, alles ist gut", beruhigte ihn Joe. „Du bist in Sicherheit, und ich bin bei dir."

Sam wandte sein Gesicht in die Richtung, aus der er die Worte vernommen hatte, und lächelte matt.

„Danke", murmelte er mit schwerer Zunge. „Aber ... was ist denn passiert?"

„Das kann ich dir auch nicht sagen", erwiderte Joe und half ihm vorsichtig, sich aufzusetzen. „Ich war gegen sechs Uhr hier, wie wir ausgemacht hatten, und als ich hereinkam, sah ich dich am Boden liegen. Wenn du ohnmächtig geworden wärest oder einen Anfall erlitten hättest, hätte ich gewusst, was zu tun ist, aber du lagst einfach nur völlig verkrampft da und hast kaum geatmet. Also habe ich es mit Schütteln versucht."

Sam hörte, wie sich ein leises Lächeln in die Stimme des alten Webers stahl. „Offensichtlich war das nicht die schlechteste Idee, die ich jemals hatte. Aber Spaß beiseite. Wie fühlst du dich?"

Sam ächzte leise. „Scheußlich. Mir tun alle Muskeln weh, und ich fühle mich, als hätte ich Laudanum genommen – vielleicht keine ganze Dosis, nur ein paar Tropfen. So als sei ich ... nicht ganz da ..."

Er barg das Gesicht in den Händen und verharrte so eine Weile, bevor er wieder den Kopf hob.

„Ich glaube, ich hatte einen ganz seltsamen Traum ..."

„Davon kannst du mir später erzählen", erklärte Joe sanft. „Jetzt setzt du dich erst mal auf die Küchenbank, und ich besorge dir ein frisches Hemd und eine Decke. So nassgeschwitzt wie du bist, holst du dir ja sonst noch den Tod. Im Bett wärst du natürlich am besten aufgehoben, aber ich habe Bedenken, dass du mir auf der Treppe zusammenklappst, und die Zeiten, da ich dich auf dem Arm tragen konnte, sind nun einmal längst vorbei."

Er strich Sam das schweißnasse Haar aus der Stirn, eine fast väterliche Geste, die ihn seltsam rührte, dann half er ihm auf. Sam hörte, wie der alte Mann sich am Herd zu schaffen machte, und kurz darauf drückte er ihm einen Becher Tee in die Hand.

Er nippte vorsichtig daran, dann trank er das heiße Gebräu in zwei gierigen Schlucken aus. Er war so durstig, dass ihn nicht einmal der bittere Geschmack des Salbeis störte.

Kurze Zeit später kam Joe wieder. Normalerweise hätte es Sam zutiefst widerstrebt, sich helfen zu lassen, doch da er sich immer noch schwach und zittrig fühlte, ließ er zu, dass Joe ihm Weste und Hemd auszog, ihn abtrocknete und ihm anschließend ein frisches Hemd überstreifte. Dann legte er ihm die Decke um die Schultern und schlug ihre Ecken sorgfältig über seiner Brust zusammen.

„Möchtest du mir erzählen, was passiert ist?", fragte er, nachdem er sich davon überzeugt hatte, dass sein Schützling alles hatte, was er brauchte.

Sam überlegte einen Moment lang, bevor er antwortete.

„Ich denke schon. Aber lass uns Mum, Dad und Becky nichts davon sagen, wenn sie zurückkommen. Wenn überhaupt, ist morgen dafür immer noch Zeit, und ich möchte ihnen nicht die Stimmung verderben."

Er gab Joe eine kurze Zusammenfassung seines Erlebnisses.

„Im Nachhinein kommt mir das Ganze vollkommen fremd und unwirklich vor", fügte er hinzu, als er mit seiner Erzählung fertig war. „Ich habe ja seit Rawfolds ständig irgendwelche Alpträume. Vielleicht war es mal wieder nur ein Produkt meiner überreizten Fantasie."

„Vielleicht aber auch nicht", entgegnete Joe. „Als ich hereinkam, hatte ich auch das Gefühl, dass etwas nicht stimmt. Obwohl das Feuer hell brannte, war es so kalt, dass ich meinen Atem sehen konnte, und der helle Feuerschein ging auf der linken Seite, in der Nähe des Tisches, ganz abrupt in eine Art rauchigen, klar umgrenzten Schatten über. Zuerst dachte ich, dass jetzt auch mein gesundes Auge anfängt, den Geist aufzugeben, aber dann habe ich festgestellt, dass der Schatten sich nicht mitbewegte, wenn ich den Kopf drehte. Beim Näherkommen habe ich dich dann auf dem Boden liegen gesehen, und er war genau über dir. Als du wieder zu dir kamst, verschwand auch diese seltsame Erscheinung."

Er holte tief Luft, und Sam hörte, wie er aufstand und zum Herd ging.

„Salbeitee ist ja schön und gut, aber den bringe ich wirklich nur herunter, wenn ich krank bin", erklärte er. „Soll ich uns jetzt nicht lieber schwarzen machen?"

„Gerne", antwortete Sam. „Aber wenn ich es mir recht überlege, könnte ich jetzt was Stärkeres gebrauchen. Dort drüben im Schrank ist noch eine angefangene Flasche Rum. Du müsstest sie allerdings selber holen. Ich glaube nicht, dass ich schon wieder sicher genug auf den Beinen bin."

„Das klingt nach einer ganz hervorragenden Idee", erwiderte Joe. Er stand auf, holte die Flasche und zwei Gläser und goss ein, nachdem er sich neben Sam auf der Küchenbank niedergelassen hatte. Sie tranken aus, Joe schenkte noch einmal nach, und dann saßen sie eine ganze Weile lang schweigend da.

„Ich muss zugeben, ich finde es beruhigend, dass du auch was gespürt hast", sagte Sam schließlich. „Ich dachte schon, ich werde langsam verrückt."

„Nein, da war ganz sicher irgendetwas", versicherte Joe. „Als ich in diesen merkwürdigen Schatten gegriffen habe, hat es sich angefühlt, als ... nun, als würde mir die Haut vom Arm abgezogen. Es war so überzeugend, dass ich wirklich dachte, ich würde Blut sehen, wenn ich hinschaute. Doch das Gefühl verging sofort, als auch der Schatten verschwand."

Sam spürte, wie seinen väterlichen Freund ein Schauder überlief.

„Was auch immer das war ... glaubst du, es ist jetzt vorbei, Joe?"

„Ich weiß nicht", erwiderte der Angesprochene. „Wollen wir's hoffen."

Gegen halb elf kamen Sams Eltern und Becky nach Hause. Sie waren erleichtert, die beiden scheinbar guter Dinge vorzufinden.

„Ich hatte ein bisschen Fieber, und als es zurückging, habe ich so geschwitzt, dass Joe mir ein frisches Hemd holen musste", berichtete Sam. „Aber ehe sich wieder jemand aufregt - es geht mir gut. Wirklich. Ich fühle mich nur ein bisschen schlapp, weiter nichts."

Die beiden hatten sich auf diese Erklärung geeinigt, um die anderen nicht zu beunruhigen, und tatsächlich wurde sie ihnen abgenommen. Sams Vater dankte Joe für seine Hilfe; er erwiderte, dass er das gern getan habe, und machte sich auf den Weg nach Hause.

Am nächsten Morgen machten sich Becky und Mr. Nicholls bereit, um zum Markt zu fahren. Sam wäre am liebsten mitgekommen, um Johns Grab zu besuchen, doch seine Mutter ließ das nicht zu.

„Wenn du dich nicht noch ein paar Tage lang auskurierst, könnte deine Erkältung zu einer Lungenentzündung werden. Wir haben dich schließlich nicht von Dr. Baines zusammenflicken lassen, damit du uns ein paar Monate später doch noch stirbst." Die Sanftheit, mit der sie ihm über den Rücken strich, milderte die Härte ihrer Worte, die, wie Sam wusste, nur Ausdruck ihrer Sorge um ihn waren.

„Du hast ja recht, Mum", gab er zu, „ich werde mich wohl noch ein paar Tage gedulden müssen." Er erhob sich, um seiner Mutter beim Spülen des Frühstücksgeschirrs zu helfen. Sie arbeiteten eine Weile schweigend, dann ergriff Mrs. Nicholls das Wort.

„Was ist eigentlich gestern Abend genau vorgefallen?"

Sam war völlig überrascht. „Woher weißt du ...?"

Seine Mutter reichte ihm die Schüssel, die sie gerade ausgewaschen hatte, zum Abtrocknen.

„Ich merke einfach, dass dich irgendwas bedrückt, und ich frage mich die ganze Zeit, was das sein könnte. Hattest du wieder eine Angstattacke, oder ist es wegen John?"

„Es ist irgendwie beides", antwortete Sam zögerlich, „und doch noch ganz was Anderes." Jetzt konnte er sich nicht mehr zurückhalten; die ganze Geschichte sprudelte einfach aus ihm heraus.

Als er fertig war, nahm seine Mutter ihn in den Arm und drückte ihn an sich.

„Du Ärmster, das muss ja furchtbar gewesen sein! Warum hast du uns denn nie erzählt, dass dich so furchtbare Schuldgefühle plagen?"

Sam schluckte. „Es ist doch alles schon kompliziert genug, da wollte ich euch nicht auch noch mit meinen Problemen belasten ..."

„Ach, Sam", sagte seine Mutter, „du wärst uns doch nie im Leben zur Last gefallen. Dafür ist eine Familie doch da." Sie strich ihm über die Haare. „Dass du dir um solche Dinge Gedanken machst, zeigt jedenfalls, dass du bei weitem nicht so egoistisch bist, wie diese Kreatur es dir vorgeworfen hat."

Sam seufzte erleichtert. „Danke, Mum, es tut gut, das zu hören." Er zögerte einen Moment lang, bevor er weitersprach.

„Meinst du, ich kann am Samstag mit nach Huddersfield?"

„Ich denke, das geht in Ordnung", erwiderte seine Mutter. „Bis dahin bist du bestimmt wieder gesund genug, um mitzukommen."

Becky hatte diesmal zwar nicht so viel zu verkaufen, aber sie beschloss, sich ihnen trotzdem anzuschließen. Silas war mit einer komplizierten Auftragsarbeit für einen wohlhabenden Kunden beschäftigt, und dabei wollte sie ihm ein wenig Gesellschaft leisten.

„Lenke ihn aber bloß nicht zu sehr ab", scherzte Sam, auch wenn ihm im Moment eigentlich nicht nach Späßen zumute war.

„Ich sollte wohl besser nicht in die Tuchhalle mitkommen", fügte er nachdenklich hinzu. „Wenn Cartwright immer noch dorthin kommt, wie er es früher tat, und das hier sieht", - mit diesen Worten deutete er auf seine rechte Wange -, „könnte er gewisse Schlüsse ziehen." Er verzog das Gesicht.

„Hätte ich gewusst, was passieren würde, ich hätte mich nie darauf eingelassen, bei den Ludditen mitzumachen."

Seine Mutter legte ihm die Hand auf die Schulter. „Das konntest du doch nicht ahnen, Sam. Keiner konnte das. Ihr habt alle geglaubt, das Richtige zu tun. Niemand konnte voraussehen, dass es so enden würde, und das ist höchst bedauerlich."

„Vielleicht hast du recht", erwiderte Sam. „Aber trotzdem ... ich wünschte mir, ich könnte so vieles ungeschehen machen!"

Er beschloss, das Thema zu wechseln.

„Ich werde also bei Moth im Stall warten, bis ihr fertig seid. Ich denke, das ist das Beste."

Mrs. Nicholls hatte eine bessere Idee. „Wie wäre es, wenn ich mitkomme? Dann können wir beide zu Mr. Wright gehen und ihn bitten, uns Johns Grab zu zeigen. Anschließend treffen wir uns dann irgendwo."

Da alle das für eine gute Idee hielten, machten sie sich am Samstag zusammen auf den Weg in die Stadt.

Als sie Mr. Wright, Johns ehemaligen Meister, aufsuchten, war der gerne bereit, ihnen die Stelle auf dem Friedhof zu zeigen, wo Sams Freund begraben lag. Es gab keinen Grabstein, aber immerhin war er im

Gegensatz zu George Mellor, Thomas Smith und William Thorp wenigstens in geweihter Erde bestattet worden.

„Er war ein guter Junge", sagte Mr. Wright leise. Sam nickte. Er traute sich nicht, in der Öffentlichkeit zu weinen und sich so vielleicht verdächtig zu machen, doch er konnte es nicht vermeiden, dass ihn ein paar Tränen über das Gesicht liefen. Aber die würden ja glücklicherweise nicht so sehr auffallen.

„Das war er in der Tat, und ich bin dankbar, dass ich ihn kennen durfte", erwiderte er. Er schluckte und biss sich auf die Lippen, um gegen den Drang zu weinen anzukämpfen. Dabei spürte er dankbar, wie seine Mutter seine Hand nahm und sie sanft drückte.

Mr. Wright verabschiedete sich, um den beiden Zeit allein am Grab zu lassen. Sie standen eine ganze Weile so da, und Sam hielt in Gedanken Zwiesprache mit seinem verstorbenen Freund und versuchte, seine Gedanken und Gefühle zu ordnen. Auch wenn er natürlich keine Antwort bekam, wurde es ihm selber leichter ums Herz, als er endlich Abschied nehmen konnte.

Schließlich wischte er sich mit dem Handrücken über das Gesicht, zog den Schal wieder bis zur Nase hoch, straffte die Schultern und holte tief Atem.

„Gehen wir. Ich bin soweit."

Als sie durch das Tor des Friedhofs traten, wartete Mr. Nicholls schon auf sie. Nachdem er sie begrüßt hatte, legte er Sam den Arm um die Schulter und drückte ihn wortlos an sich.

Sie gingen als erstes zu Silas' Werkstatt, um Becky abzuholen. Auf dem Weg zurück zu dem Gasthof, in dem sie Moth untergestellt hatten, begriff Sam, dass es wohl noch eine ganze Weile dauern würde, bis er die Trauer um seine verlorenen Freunde und sein altes Leben überwunden hatte. Doch wenn er solch ein erschreckendes Erlebnis wie das von vor ein paar Tagen ohne bleibende Schäden überstanden hatte, konnten ihm alle zukünftigen Probleme und Herausforderungen wohl kaum etwas anhaben.

Diese Tatsache erfüllte ihn mit vorsichtigem Optimismus, und er fühlte sich zum ersten Mal seit Rawfolds vollkommen erleichtert. Vielleicht würde sich ja doch noch alles zum Guten wenden.

Spätherbst 1812: Begegnung am Collier's Beck

Wenn Reisende von Leeds nach Huddersfield wollen, werden sie stets von den Einheimischen eindringlich davor gewarnt, den direkten Weg zu nehmen. Stattdessen legt man ihnen nahe, nicht geradeaus weiterzugehen, wenn sie ein kleines Dorf namens Whinbridge hinter sich gelassen haben, sondern einen weiten Schlenker nach Westen zu machen, vorbei an einer kleinen Gruppe von Bauernhöfen und Weberhäuschen, die sich wie Küken im Nest in einem kleinen, fast genau runden Talkessel zusammendrängen, und erst dann wieder genau auf ihr Ziel zuzuhalten, wenn sie diese hinter sich gelassen haben.

Wenn man fragt, warum, antworten einige ziemlich ausweichend, und andere wissen nur, dass man diese Gegend besser meidet, können aber nicht sagen, warum. Fragt man jedoch den Deckenweber George Haigh und seine Frau Mary, können diese beiden einem ganz genau berichten, was im Spätherbst des Jahres 1812 geschah und dazu führte, dass alle dieses Fleckchen Erde meiden.

Damals waren die beiden Anfang zwanzig und freuten sich sehr darauf, in etwas mehr als zwei Monaten zum ersten Mal Eltern zu werden.

George, dessen Spezialität ein besonders hübsches Muster aus stilisierten Blüten und Ranken war, arbeitete für Simon Banks, den Inhaber einer kleinen Tuchschererwerkstatt im nahegelegenen Dorf. Ein paar andere Weber im Dorf und in der näheren Umgebung stellten für Banks Kammgarnstoffe her. Diese wurden von den drei bei ihm angestellten Tuchscherern veredelt, ebenso wie Stoffe, die andere Tuchhändler bei ihm abgaben. Die von ihm selbst aufgekauften Stoffe verkaufte Banks dann zusammen mit Georges Decken jeden Dienstag und Samstag in der Tuchhalle für gefärbte Stoffe im etwa sechs Meilen entfernten Leeds. Einer seiner Scherer war Georges ein Jahr jüngerer Bruder Tom. Die beiden ähnelten sich sehr, nur war Tom aufgrund seiner körperlich äußerst anstrengenden Arbeit viel breitschultriger und muskulöser. Als Kinder hatte man sie oft für Zwillinge gehalten, doch jetzt konnte man sie wirklich nicht mehr verwechseln.

Georges Frau Mary war die jüngste Tochter von Matthew Blake, einem Wollsortierer aus der Gegend.

Früher hatte Marys Vater seine Wolle ausschließlich an die in Handarbeit tätigen Spinner und Spinnerinnen verkauft. Er hatte sich lange geweigert, mit den Inhabern der Fabriken und größeren

Manufakturen Geschäfte zu machen, aber irgendwann hatte er einsehen müssen, dass kein Weg mehr daran vorbeiführte.

Wie ihr Mann war Mary äußerst belesen; zwar hatte keiner der beiden eine umfassende Schulbildung genießen können und sie waren, wie die meisten Handweber, nicht gerade wohlhabend. Dennoch lasen beide für ihr Leben gern und legten großen Wert darauf, sich weiterzubilden. Sie hatten es geschafft, eine kleine Sammlung an gebrauchten Büchern zusammenzutragen, die unter anderem einen dünnen Band mit Gedichten von Oliver Goldsmith, einen weiteren mit den bekanntesten Stücken von William Shakespeare, ein ziemlich zerlesenes Exemplar von *Gullivers Reisen* und die von Marys Großeltern geerbte Bibel enthielt.

Wie viele Tuchscherer im Tal des Flusses Spen hatten auch die Banks' den *Leeds Mercury* abonniert, und wenn George seine Decken bei ihnen ablieferte, durfte er die ausgelesenen Exemplare stets mitnehmen. So erfuhren seine Frau und er zwar immer erst mit ein paar Tagen Verspätung, was um sie herum passierte, aber das war immerhin besser als gar nichts. Zudem studierte besonders Mary mit Hingabe die Kleinanzeigen auf der ersten Seite, in denen immer wieder gebrauchte Bücher aus Haushaltsauflösungen und Geschäftsaufgaben zum Verkauf angeboten wurden. Dabei hatte sie schon den einen oder anderen Glücksgriff getan.

Zu jener Zeit war die Stimmung im West Riding, dem westlichen Teil von Yorkshire, äußerst gedrückt und angespannt. Es war nicht nur so, dass viele Menschen große Not litten; da es nach der Ermordung des Fabrikanten William Horsfall am 28. April in der näheren Umgebung immer wieder zu Aufständen gekommen war, war in den größeren Städten wie Leeds, Huddersfield und Halifax eine große Anzahl von Soldaten stationiert worden. Weitere Truppen waren in vielen Dörfern der Umgebung einquartiert und sorgten durch ihr ungebührliches Verhalten dafür, dass sich die Lage eher noch mehr zuspitzte, als dass sie sich entspannte.

Da unter den Ludditen viele Tuchscherer waren, machte sich George Sorgen, sein Bruder könne einer von ihnen sein. Jedesmal, wenn er von einem Angriff der Ludditen gegen einen Maschinen verwendenden Tuchmacher hörte, machte er sich darauf gefasst, über Toms Tod oder Verhaftung benachrichtigt zu werden. Zum Glück war ihm das bisher erspart geblieben, und er hoffte, dass es auch so blieb.

Am 18. und 20. August hatte es auf dem Kornmarkt in Leeds auch Aufstände wegen der extrem gestiegenen Lebensmittelpreise gegeben. Am Morgen des 18., einem Dienstag und somit Markttag, waren zwei Bauern von der erbosten Menge angegriffen und herumgeschubst worden. Dem einen, dessen Preise am höchsten waren, waren mehrere

Säcke Getreide gestohlen worden, und ein großer Teil ihres Inhalts war auf der Straße verteilt worden. Als ein paar Ordnungshüter auftauchten, hatte sich die aufgebrachte Volksmenge jedoch schnellstens zerstreut, und eine Zeitlang hatte es so ausgesehen, als sei alles vorbei. Allerdings war das ein Trugschluss, denn am Nachmittag war eine Schar von Frauen und Jungen, angeführt von einer Frau, die sich „Lady Ludd" nannte, durch die Straßen gelaufen und hatte jeden angegangen, der wie ein Bauer oder ein Getreidehändler aussah. Zum Glück war niemand verletzt worden, aber der Vorfall hatte vielen Leuten einen gewaltigen Schrecken eingejagt – so auch George und Mary, die an jenem Dienstag auf dem Markt gewesen waren und alles hautnah miterlebt hatten. George hatte alles daran gesetzt, seine Frau in Sicherheit zu bringen, denn eine solche Situation war in ihrem Zustand doppelt gefährlich; außerdem erzählte man sich, dass die Soldaten bei ähnlichen Aufständen anderenorts keine Skrupel gehabt hatten, auf Kinder und offensichtlich schwangere Frauen zu schießen. George wusste nicht, ob dieses Gerücht der Wahrheit entsprach, aber in Anbetracht des Verhaltens, das manche von ihnen an den Tag legten, erschien ihm das nicht unwahrscheinlich.

George machte sich häufig Sorgen um die Zukunft; noch hatte er ja genügend Arbeit, aber wenn sich das änderte, was würde er dann tun? Er versuchte aber, sich Mary gegenüber nichts von seinen Bedenken anmerken zu lassen, und hoffte, dass ihm schon eine Lösung einfiel, wenn seine Befürchtungen wahr wurden.

Wie alle Tuchschererwerkstätten in der Gegend spürten auch die Banks' die schlechte wirtschaftliche Lage, sie klammerten sich aber an die Hoffnung, dass es irgendwann wieder bergauf gehen würde.

„Natürlich kann ich nichts versprechen", hatte Simon einmal gesagt, „aber ich werde alles daran setzen, niemanden entlassen zu müssen, wenn ich es vermeiden kann." Diese Aussage hatte George ein wenig beruhigt, ihm war aber bewusst, dass niemand voraussehen konnte, wie sich die Dinge tatsächlich entwickelten und es daher keine Garantien oder Sicherheiten gab.

Schon Georges und Toms Vater hatte für die Familie Banks Kammgarnstoffe gewebt, und als er vierzehn Jahre alt war, hatte Tom bei ihnen das Tuchschererhandwerk erlernt. Damals hatte der alte Eli, Simons Vater, noch selbst an der Werkbank gestanden, doch jetzt überließ er diese Arbeit gerne Simon und seinem jüngeren Bruder Matthew. Er war zwar schon Ende sechzig, und wie viele alte Tuchscherer plagten ihn oft Schmerzen in Rücken und Handgelenken, doch sein Geist war noch genauso klar wie der eines deutlich jüngeren Menschen. Aus diesem Grunde ließ er es sich nicht nehmen, seinen Ältesten bei der Buchhaltung, der Geschäftskorrespondenz und der Auszahlung der Löhne zu unterstützen, wo er nur konnte. Wie Simon sagte, kam ihm das sehr entgegen, denn er war ein eher praktisch veranlagter Mensch, der lieber mit seinen Händen arbeitete, statt im Kontor über den Büchern zu brüten oder Briefe zu schreiben und Warenmuster zu verschicken.

Kurz nachdem er im Alter von einundzwanzig Jahren seine Lehre beendet hatte, hatte sich Georges Bruder Tom mit Peggy, der älteste Tochter der Familie Banks, vermählt. Peggy war zu der Familie ihres Mannes gezogen, und als George heiratete, hatten Mary und er sich ein neues Zuhause gesucht, weil sein Elternhaus nicht genug Platz für ein weiteres Ehepaar bot.

Eines Tages Ende Oktober erhielt George den Auftrag, eine Decke für Nancy Dyer, die Frau des Hufschmieds, zu weben. Die Dyers hatten insgesamt fünf Kinder gehabt, doch nur zwei hatten das Erwachsenenalter erreicht. Es war Hester, die ältere der beiden, die in ein paar Wochen heiraten würde; deswegen hatten ihre Eltern vor, ihr und ihrem zukünftigen Ehemann eine schöne wollene Bettdecke zur Hochzeit zu schenken.

George hatte sich über diese Aufgabe gefreut, nicht nur, weil die Dyers dem Weber, der ihren Auftrag erledigt hatte, stets ein großzügiges Trinkgeld zukommen ließen, sondern vor allem wegen der handwerklichen Herausforderung, ein besonders schönes Muster für das junge Paar zu entwerfen und zu weben.

Früh am Morgen hatte er bereits die verschiedenfarbigen Kettfäden mit Hilfe eines Zettelbaum genannten Geräts so angeordnet, wie das Muster es erforderte, und sie zu langen Strängen aufgewickelt. Diese hatte er dann am Kettbaum befestigt, und während Mary die Stränge straff hielt, um sicherzustellen, dass sie fest und gleichmäßig aufgewickelt wurden, betätigte er die Kurbel, die den Kettbaum drehte. Als das erledigt war, widmete sich seine Frau anderen Arbeiten im Haus, und George machte sich daran, die Kettfäden durch die Litzen, jene Drähte mit Ösen in der Mitte, mit deren Hilfe die Fäden gehoben und gesenkt werden, zu ziehen. Obwohl das eine langwierige und kniffflige Angelegenheit war, die sehr viel Konzentration erforderte, war er froh, sich dabei ein wenig mit Mary unterhalten zu können, denn dann hatte er nicht das Gefühl, dass die Zeit überhaupt nicht verging.

„Ich habe beim Wasserholen heute Morgen Si und Allie getroffen", berichtete George. „Sie haben gesagt, wir könnten gerne ihre Wiege und die Kindersachen haben, denn in ihrem Alter sei es wohl eher unwahrscheinlich, dass sich noch mal Nachwuchs einstellt. Ich denke, ich werde morgen Abend zu ihnen rübergehen und die Sachen holen."

Josiah und Alice Whitehead, beide Anfang fünfzig und von allen nur Si und Allie genannt, lebten etwa eine Viertelstunde von George und Mary entfernt und waren somit ihre nächsten Nachbarn. Josiah war ebenfalls ein Deckenweber, und seine Frau arbeitete als Spinnerin.

„Das ist ja wirklich nett von ihnen", erwiderte Mary erfreut. „Aber du brauchst dich nicht abzuhetzen, wir haben ja noch eine ganze Weile Zeit."

„Da hast du auch wieder recht", gab George zu. „Aber wenn ich es jetzt erledige, muss ich später nicht mehr daran denken. Übrigens, wie geht es eigentlich unserem Kleinen?"

Statt einer Antwort ging Mary zu ihrem Mann hinüber, nahm seine Hand und legte sie auf ihren gewölbten Leib. Fasziniert spürte er, wie sich das Kind unter der Berührung regte.

„Ich kann es immer noch nicht fassen", sagte er leise. „Wahrscheinlich glaube ich es erst, wenn ich unser Baby im Arm halte." Er streichelte Marys Bauch und fragte sich, ob es ein Junge oder ein Mädchen werden würde. Aber im Grunde genommen war es ihm egal, Hauptsache, es war gesund und fiel nicht einer der zahlreichen Krankheiten zum Opfer, die so viele Kinder in den ersten Lebensjahren dahinrafften.

Nach einer Weile begab er sich wieder an seine Arbeit. Mary erzählte ihm von dem merkwürdigen Traum, den sie in der Nacht gehabt hatte. Plötzlich unterbrach sie sich jedoch, und George hob den Kopf. „Alles in Ordnung?", fragte er besorgt. Sie nickte.

„Das Baby hat mich nur gerade ziemlich heftig getreten. Das muss es von dir haben – offensichtlich ist es genauso zappelig wie sein Vater."

„Unsinn", erwiderte George mit gespieltem Ernst. „Es wird ein Junge, und da er auch Weber werden will, übt er jetzt schon das Bedienen der Tritte am Webstuhl."

Mary lachte leise. „Was auch immer dich glücklich macht, mein Liebster."

Sie unterhielten sich noch ein bisschen, wobei George weiter Kettfäden durch die Litzen fädelte und Mary Haferpfannkuchen für das Abendessen buk.

Endlich war alles so, wie er es haben wollte, und nach einem letzten prüfenden Blick webte George ein paar Reihen, um zu schauen, ob alles stimmte. Dann stand er auf und streckte sich.

„So, das wäre geschafft. Ich bringe noch eben die fertigen Decken zu Banks, dann kann ich morgen sofort loslegen."

Mary warf ihm einen fragenden Blick zu. „Jetzt noch? Meinst du nicht, es ist schon ein bisschen spät?"

„Wenn ich mich beeile, schaffe ich es noch vor Einbruch der Dunkelheit zurück", entgegnete er. „Ich möchte morgen gerne gleich mit der Arbeit für die Dyers anfangen, und wenn ich erst noch zu Banks gehe, ist der halbe Tag dahin. Außerdem brauche ich neues Schussgarn. Ich habe zwar noch ein bisschen, aber es wird nicht für die ganze Decke reichen."

„Na schön", gab sie nach, „du hast ja recht. Aber nimm wenigstens deine Handschuhe mit. Du weißt ja, wie kalt es wird, sobald die Sonne untergegangen ist."

George lächelte seine Frau an. „Ja, Mum", scherzte er. Mary nannte ihn einen Kindskopf und trug ihm mit gespielter Strenge auf, sich endlich auf den Weg zu machen und nicht noch mehr Zeit mit Albernheiten zu verschwenden.

Er zog seinen warmen Wintermantel an, setzte den Hut auf und schulterte den Sack mit den fertigen Decken, nachdem er die Handschuhe in die Manteltasche gesteckt hatte. Dann gab er seiner Frau einen Abschiedskuss und trat zur Tür hinaus. Die schon recht tiefstehende Sonne spendete noch ein bisschen Wärme, die jedoch nicht gegen den leichten, aber ziemlich eisigen Wind ankam. Jetzt mochte der Mantel noch ein wenig zu warm sein, doch spätestens in einer Stunde wäre George sicher froh, sich für ihn entschieden zu haben.

Sicher wäre der Warentransport etwas weniger mühsam gewesen, wenn die Haighs ein Pony oder einen Esel besessen hätten, doch die Haltung eines solchen Lasttiers hätte ihren ohnehin schon schmalen Geldbeutel über Gebühr strapaziert, und gerade jetzt, wo ihr erstes Kind unterwegs war, wollten sie jede unnötige Ausgabe vermeiden. Daher war ihr einziger Luxus neben ihrer kleinen Büchersammlung eine Tasse Kakao für jeden von ihnen an Weihnachten.

Die trotz des sonnigen Wetters frostige Luft war kühl und klar wie frisches Quellwasser, und George atmete sie in tiefen Zügen ein, als er weiterging. Nachdem er so lange Zeit in gebeugter Haltung über seinem Webstuhl verbracht hatte, tat es gut, sich die Beine zu vertreten.

Nach einem extrem heißen und trockenen Sommer hatte es wochenlang geregnet; zuerst hatte die dürstende Erde das Wasser aufgesogen wie ein Schwamm, doch irgendwann war sie gesättigt gewesen und hatte nichts mehr aufnehmen können.

Der Weg war also ziemlich matschig, aber zum Glück besaß George ein Paar kniehoher Lederstiefel. Sie waren zwar schon ziemlich alt und abgetragen, aber immer noch bequem und wasserdicht, und das war, was zählte.

Als er die Werkstatt betrat, begrüßte ihn Eli Banks persönlich. George wechselte ein paar Worte mit dem alten Mann, dann packte er seine Ware aus und breitete sie auf dem Tisch vor dem großen Fenster des Scherraums aus, wo das Licht am besten war. Eli und Simon untersuchten den Stoff eingehend auf Fehler, dann ging Ersterer ins Kontor, um Georges Lohn zu holen. Währenddessen begleitete George Simon nach nebenan und ließ sich von ihm die Garnspulen in den gewünschten Farben geben.

Als sie wieder zurück in den Scherraum kamen, überreiche Eli dem jungen Weber eine Handvoll Münzen, die dieser in sein Taschentuch wickelte und in die Manteltasche steckte.

„Willst du nicht nachzählen?", fragte Eli mit einem spöttischen Zwinkern. „Wer weiß, vielleicht habe ich mich ja verzählt oder ich versuche, dich zu übervorteilen."

George ging auf die Neckerei des alten Tuchhändlers ein.

„Du bist zwar ein gerissener Fuchs, Eli, aber du würdest dich niemals trauen, mich übers Ohr zu hauen. Schließlich weißt du ja ganz genau, dass mein alter Herr fürchterliche Rache an dir üben würde, wenn du irgendwelche krummen Dinger mit seinem über alles geliebten Erstgeborenen versuchst."

Diese Bemerkung brachte Eli zum Lachen. „Wie recht du doch hast." Er schob mit der Fußspitze ein paar von den Wollflocken zusammen, mit denen der Boden des Scherraums bedeckt war. „Vermutlich würde er mich mit Flocken bewerfen, und dann würde er mich vorwurfsvoll anstarren, bis mir die Tränen kommen."

Beide amüsierten sich sehr über diesen Gedanken, denn William Haigh war in der ganzen Gegend als ein überaus ruhiger und sanftmütiger Mann bekannt, der keiner Fliege etwas zuleide tun konnte.

„Über alles geliebter Erstgeborener'?", kommentierte Simon trocken. „Die Bezeichnung scheint mir nicht gerade zutreffend. Ist nicht deine arme Mutter schreiend davongerannt, als man dich nach deiner Geburt in ihre Arme gelegt hat?"

George boxte Simon spielerisch gegen den Arm. „Da verwechselst du was, mein Bester. Das war doch deine Mutter, als sie dich zum ersten Mal sah."

Simon wollte gerade etwas erwidern, als sich die Tür zum Pressraum öffnete und Georges Bruder Tom eintrat.

Die beiden begrüßten einander, und Tom erkundigte sich nach Georges und Marys Befinden.

„Uns geht es prächtig, danke der Nachfrage", berichtete George. „Es wird Zeit, dass du und deine Lieben uns noch mal besuchen kommt. Aber jetzt entschuldige mich, ich will zusehen, dass ich nach Hause komme."

Tom warf einen besorgten Blick zum Himmel. „Bist du dir sicher, dass du jetzt noch aufbrechen willst? Möchtest du nicht lieber bei uns übernachten und erst morgen früh losgehen, wenn es wieder hell ist?"

„Danke für das nette Angebot", erwiderte George, „aber wenn ich heute Abend nicht heimkomme, wird Mary bestimmt denken, dass man mich für einen Ludditen gehalten und verhaftet hat, oder dass mir draußen im Moor etwas passiert ist. So eine Aufregung möchte ich ihr in ihrem Zustand möglichst ersparen."

„Das kann ich verstehen", sagte Tom. „Aber nimm wenigstens eine Laterne mit. Wenn du unterwegs in ein Loch trittst und dir den Knöchel brichst, ist auch keinem geholfen."

Er teilte seinem Arbeitgeber mit, dass er seinem Bruder die Laterne mitgeben würde, die im Pressraum in der Ecke stand, dann lief er los, um sie zu holen.

„Pass auf dich auf", trug er George beim Abschied auf. „Und vergiss nicht, deine bessere Hälfte von mir zu grüßen."

„Das werde ich machen", versprach George. Er nahm die brennende Laterne entgegen, bat Eli, seiner Frau Martha Grüße auszurichten, verabschiedete sich von seinem Bruder und machte sich auf den Heimweg.

Als er die letzten Häuser hinter sich gelassen hatte, bemerkte er, dass es viel nebliger war, als er anfangs gedacht hatte. Diese Tatsache erfüllte ihn nicht gerade mit Begeisterung, aber er hatte trotzdem nicht vor, doch noch umzukehren. Solange er den kleinen Bach, den die Leute der Umgebung aus unerfindlichen Gründen Collier's Beck nannten, stets zu seiner Linken behielt, konnte er sich schließlich nicht verirren.

Da dieses Stück des Wegs uneben und voller Löcher war, musste George sehr darauf achten, wohin er trat. Er senkte den Blick und konzentrierte sich auf die paar Fuß Boden vor sich. Trotzdem rutschte er an einer besonders schlammigen Stelle aus und wäre fast hingefallen. Im letzten Moment schaffte er es jedoch, sich wieder zu fangen, und fluchte leise, bevor er seinen Weg fortsetzte.

Es war fast totenstill hier draußen auf dem Moor; die einzigen Geräusche waren Georges keuchender Atem und das Platschen seiner Schritte auf dem matschigen Weg.

Die feuchte Nachtluft reizte seine Kehle, und ein trockener Hustenanfall zwang ihn, stehenzubleiben.

Verdammt. Krank zu werden ist das Letzte, was ich jetzt brauchen könnte. Er nahm sich vor, zu Hause als erstes eine schöne heiße Tasse Tee zu trinken und sich ans warme Feuer zu setzen. Was für ein Glück, dass sie sich solch bescheidenen Luxus noch erlauben konnten, nicht so wie die armen Teufel, die in Leeds und den anderen großen Städten in den Fabriken arbeiteten!

Er hob den Blick und sah Nebelfetzen, die der Wind wie halb durchscheinende Flaumfedern über den Weg blies.

Ich hätte auf Mary hören und die Decken lieber morgen abliefern sollen, dachte er. *Sie hat recht, meine Sturheit wird eines Tages noch mein Ende sein.*

Ein heller, etwa hühnereigroßer Stein lag im Weg; mit einem gereizten Schnauben holte George aus und beförderte ihn mit einem energischen Tritt in die Büsche. Dabei verzog er das Gesicht, als er spürte, wie das trotz der Kälte nassgeschwitzte Hemd unter der Weste und dem warmen Mantel an seinem Rücken klebte.

Kurze Zeit später rutschte er erneut aus, aber diesmal gelang es ihm nicht, sein Gleichgewicht zu wahren. Er fiel nach vorne auf Hände und Knie; dabei ließ er die Laterne los, die klappernd davonrollte. Sein Ungeschick verfluchend, setzte er sich auf und bewegte probeweise die Hände. Das linke Handgelenk, das den größten Teil seines Gewichts aufgefangen hatte, schmerzte ein wenig, ließ sich aber normal bewegen. Wie es aussah, hatte er noch mal Glück gehabt.

Er tastete in der Dunkelheit herum, bis er seinen Hut und die Laterne fand. Sie war glücklicherweise heil geblieben, da ihre Scheiben aus Horn anstelle des deutlich teureren Glases waren. Allerdings war sie erloschen, und natürlich hatte George nicht daran gedacht, seine Zunderbüchse mitzunehmen. *Das ist mal wieder typisch für dich. Du würdest eines Tages noch deinen eigenen Kopf vergessen, wenn er nicht angewachsen wäre. Was bist du doch für ein Idiot.*

Immerhin hatte er sich bei dem Sturz nicht verletzt oder sein Geld verloren; das hätte dem Ganzen wirklich die Krone aufgesetzt.

Er erhob sich und schaute sich um. Jetzt hatte sich der Nebel verzogen, und der Himmel war von einem hohen, zarten Wolkenschleier bedeckt, der nur ab und zu aufriss und ein paar Sterne sehen ließ.

Als seine Augen sich ein wenig an die Dunkelheit gewöhnt hatten, stellte George fest, dass er auch ohne Laterne ganz gut zurechtkam. Das braune, struppige Gras wirkte im fahlen Licht bläulich, und als er seine Hände betrachtete, schien die Haut fast strahlend weiß zu leuchten. Er rückte den Sack mit den Garnspulen auf seinem Rücken wieder zurecht, hob die Laterne auf und sog die klare, kalte Luft tief in seine Lungen. „Weiter geht's", sagte er zu sich selbst, und seine Stimme war übernatürlich laut in der Stille.

Der Weg war ihm zwar wohlvertraut, denn er war ihn sicher schon Hunderte Male gegangen, zuerst an der Hand seines Vaters, wenn der seine Ware ablieferte, und später allein, sowohl am Tag als auch bei Mond- und Laternenlicht. Jetzt jedoch kam ihm alles fremd und unwirklich vor, wie eine Landschaft in einem seltsamen Traum.

Ihm kam der erschreckende Gedanke, dass er sich verlaufen haben könnte, doch dann hörte er zu seiner Erleichterung wieder das vertraute Plätschern des Collier's Beck zu seiner Linken.

Na also. Kein Grund, sich unnötig aufzuregen, redete er sich selber gut zu. *Solange du das Wasser hörst, bist du auf dem richtigen Weg.*

Ein wenig entspannter setzte er seinen Weg fort. Es war jetzt wirklich kalt geworden, daher blieb er stehen, nahm die Handschuhe aus der Manteltasche und zog sie an. Er war dankbar für Marys Umsicht, denn jetzt erst merkte er, wie kalt seine Finger wirklich gewesen waren.

Als er den Fuß des Abhangs erreichte, erschrak er plötzlich, denn links von sich bemerkte er aus dem Augenwinkel eine huschende Bewegung. Unwillkürlich sprang er zur Seite, und der Eisrand einer Pfütze zerbrach mit einem trockenen Knacken, als er darauf trat. *Wie alte Knochen,* dachte er; bei dem Gedanken lief ihm ein Schauder über den Rücken.

Irgendwo links von ihm erhob sich ein Vogel mit lautem, klatschendem Flügelschlag in die Luft. George zuckte erneut zusammen, doch als er merkte, was das Geräusch verursacht hatte, musste er über sich selbst und über seine Schreckhaftigkeit lachen.

Das war nur irgendein Vogel, dessen Nachtruhe du gestört hast, vielleicht ein Rebhuhn oder ein Fasan. Gut, dass niemand mitbekommen hat, wie du dich deswegen zum Narren gemacht hast, du Angsthase.

Plötzlich musste er an die Geschichten von Padfoot denken, jenem geisterhaften schwarzen Hund, der angeblich die Gegend zwischen Leeds und Bradford unsicher machte und ab und an einsamen Wanderern erschien, um ihren bevorstehenden Tod anzukündigen. Man durfte ihn weder ansprechen noch nach ihm schlagen oder treten, denn dann, so hieß es, würde er einen entweder mit sich ins Moor zerren oder einem eine tödliche Krankheit anhängen.

Seine Großmutter hatte sich meisterhaft darauf verstanden, solche Geschichten zu erzählen, und als Kind hatte George es geliebt, ihr zuzuhören, auch wenn es ihn jedesmal gegruselt hatte und er ausnahmsweise froh gewesen war, das Bett mit seinem Bruder Tom zu teilen. Er mochte Schauergeschichten noch immer, obwohl ihm jetzt natürlich bewusst war, dass sie nichts anderes waren als unterhaltsame Erzählungen. Zumindest war es leicht, sie am heimischen Herdfeuer oder mit Freunden im Wirtshaus als solche abzutun – hier draußen im einsamen Moor sah die Sache ganz anders aus, da konnte er fast daran glauben, dass sie einen wahren Kern hatten.

Hör endlich auf, Gespenster zu sehen, wies er sich selbst zurecht. *Konzentriere dich lieber auf den Weg, damit du dir nicht noch ein Bein brichst – oder schlimmer noch, den Hals.*

Er war wegen seiner bevorstehenden Vaterschaft und der Sorge um seinen Bruder ohnehin angespannter als gewöhnlich – sich in seine Angst hineinzusteigern wäre jetzt alles andere als hilfreich.

Er beschloss, den Blick nur noch auf die paar Fuß Erde vor sich zu richten, und so konnte er seinen Weg eine Zeitlang ungestört fortsetzen.

Die dünnen Schleierwolken hatten sich mittlerweile vollständig aufgelöst und gewährten ihm freie Sicht auf den Sternenhimmel.

Der Große Wagen war das einzige Sternbild, das George kannte; dennoch liebte er es, den Nachthimmel zu betrachten, besonders in Herbst und Winter, wenn sich die Milchstraße wie ein glitzerndes Band von Horizont zu Horizont erstreckte. Auch jetzt erfreute er sich an dem

Anblick und wünschte sich, er könnte ein Muster weben, das auch nur annähernd so schön war wie das Himmelszelt über ihm.

Georges Atem bildete Wölkchen in der klaren, kalten Luft. Er genoss ihre Reinheit und Frische, während er kurz innehielt und sich an dem Anblick erfreute.

In der tiefen Stille, die ihn umgab, waren seine Schritte das einzige laute Geräusch gewesen; jetzt, wo er stehengeblieben war, sollte eigentlich nichts mehr zu hören sein. Dennoch glaubte er, hinter sich immer noch Schritte zu hören – allerdings klangen sie nicht so, als würden sie von Füßen verursacht, die Schuhe oder Stiefel trugen. Sie waren gedämpft und leise, so als ginge ihr Verursacher barfuß.

George stieß die Luft in seinen Lungen mit einem langen Seufzer aus und lauschte dann mit angehaltenem Atem in die Dunkelheit, bis er es nicht mehr aushalten konnte und einatmen musste. So verharrte er noch eine ganze Weile lauschend, konnte aber nichts mehr hören. Er schüttelte den Kopf über sich selbst wegen seiner Schreckhaftigkeit, dann setzte er seinen Weg fort.

Endlich erblickte er zu seiner Linken jenen großen, runden Felsbrocken, der ihm sagte, dass es jetzt nicht mehr weit war. Er atmete erleichtert auf und beschleunigte seine Schritte. In einer knappen halben Stunde würde er zu Hause sein; er würde Mary erzählen, wie nervös er gewesen war, und dann würden sie beide herzlich darüber lachen.

In Gedanken versunken ging er weiter, hielt jedoch plötzlich inne, als etwas gegen seine linke Wade schlug. Er dachte, ein Stechginsterzweig habe sein Bein gestreift, doch als er an sich herunterschaute, konnte er keinen entdecken. Bei genauerem Hinschauen bemerkte er jedoch, wie die Luft knapp über dem Boden waberte und flimmerte. Bei großer Hitze oder über einem lodernden Feuer war das nichts Ungewöhnliches, doch wie konnte das jetzt sein, wo es so kalt war? War das vielleicht nur eine Sinnestäuschung, hervorgerufen durch seine Müdigkeit und seelische Anspannung, oder war es ein ihm unbekanntes Naturphänomen?

Bei genauerem Hinschauen bemerkte er, dass das Flimmern sich verstärkte; jetzt schien es, als werfe das Gewebe der Wirklichkeit selbst Blasen, unter deren Oberfläche sich etwas zuckend zu winden schien. Der Anblick verursachte ihm heftige Übelkeit. Er würgte krampfhaft, sein Mund füllte sich mit Galle, und einen bangen Moment lang dachte er, er müsse sich übergeben. Doch dann verflog das Gefühl wieder. Er spie angewidert aus und beschloss, sich den Mund mit ein paar Schlucken Wasser aus dem Bach auszuspülen, um den scheußlichen Geschmack loszuwerden.

Er zog zum Wasserschöpfen die Handschuhe aus, dann hockte er sich mit dem Rücken zum Weg am Rand des Bächleins hin. In dem Moment, als seine Hand das Wasser berührte, ergriff etwas Unsichtbares seine

Beine und riss ihn von den Füßen. Er fiel zur Seite, schaffte es aber, sich auf den Rücken zu drehen und sich ein Stück vom Bach zu entfernen. Zwar konnte er seinen Gegner nicht sehen, aber er fürchtete, er könne ihn mit dem Gesicht unter Wasser drücken, wenn er die Gelegenheit bekam. George wehrte sich heftig, bis etwas Schweres ihn mitten auf die Brust traf und ihn mit ganzer Macht auf den Boden drückte. Was es war, konnte er nicht erkennen, er nahm lediglich einen unangenehm stechenden Geruch wahr, den er am ehesten mit dem einer Färberei vergleichen konnte. Allerdings brannte er nicht nur in der Kehle und brachte einen zum Husten, wie es die Luft in einer Färberei tat. Er hatte etwas an sich, das George an Fäulnis und Verwesung erinnerte und ihn erneut zum Würgen brachte. Ein gewaltiger, formloser Schatten, der noch dunkler zu sein schien als der tiefschwarze Nachthimmel, ragte über ihm auf und verdeckte die Sicht auf die Sterne.

Er bekam den rechten Arm frei und tastete in der scheinbar leeren Luft über sich herum. Dabei bekam er etwas zu fassen, das sich anfühlte, als sei es mit einer Art von rauem Fell bedeckt; darunter befanden sich spitze, fast scharfe Knochen, die aber gleichzeitig auf abstoßende Art und Weise nachgiebig und schwammig waren. Als er eine Handvoll des merkwürdigen Fells zu packen bekam und heftig daran riss, in der Hoffnung, seinen Gegner dadurch aus der Fassung zu bringen, schoss ein stechender Schmerz seinen Arm hinauf bis zur Schulter. Erschrocken ließ er los und suchte auf dem Boden nach einem Stein. Als er ein kleines, scharfkantiges Exemplar fand, schlug er damit in die Richtung, in der er seinen unsichtbaren Widersacher vermutete. Allerdings befand sich dort, wo seine tastende Hand kurz vorher noch einen Widerstand gespürt hatte, jetzt nichts, was sein Schlag hätte treffen können.

Nichtsdestotrotz versuchte er es so lange, bis etwas sein Handgelenk ergriff und so fest umschlang, dass es ihm das Blut abschnürte. Mit einem unterdrückten Aufschrei ließ er den Stein fallen und versuchte, nach seinem Handgelenk zu treten, um so seinen Arm zu befreien.

Jetzt konnte er erkennen, dass ein seltsames Wesen über ihm kauerte. Es sah aus wie ein riesenhafter schwarzer Hund, dessen gewaltige Kiefer sein Handgelenk umklammert hielten. Doch die unheimliche Kreatur war nicht vollkommen hundeartig; sie hatte auch etwas von einer Schlange, was vielleicht an ihrem für einen Hund unnatürlich langen Hals lag oder an der Tatsache, dass ihre Haut zwar von einer Art struppigen Fells bedeckt war, dieses jedoch zur gleichen Zeit so seltsam glänzte wie eine Schlangenhaut.

Der Kopf des Untiers war schmal und spitz wie der eines Hechts, und es war sein mit Dutzenden von nadelscharfen Zähnen besetzter Rachen, der Georges Handgelenk umklammert hielt. Ein riesiges fahlgelbes Auge starrte ihn an; es glühte in einer Farbe, die George an Pilze erinnerte, die auf toten Baumstümpfen wucherten. Der Blick dieses Auges war erschreckend intelligent, und ihm war, als verstehe das Wesen genau, was in ihm vorging.

Er spürte, wie seine Kräfte schwanden; so musste sich ein Insekt fühlen, das, angelockt von den glitzernden Tropfen auf den Blättern des Sonnentaus, der hier im Moor überall wuchs, der Versuchung erlegen und in die tödliche Umarmung der Pflanze geraten war.

Als etwas Feuchtes und Eiskaltes tastend über sein Gesicht glitt, warf er mit einem Laut des Abscheus den Kopf zur Seite, um der widerwärtigen Berührung zu entkommen.

„Was willst du von mir?", keuchte er. „Was habe ich dir denn getan?" Keine Antwort, nur dieses schreckliche, verständige und gleichzeitig dumpfe und geistlose Starren.

Die Zähne des Wesens schienen vor Speichel zu glänzen.

Oder vor Gift, schoss es George durch den Kopf. *Bitte lass es kein Gift sein!*

Er hatte keine Angst um sein eigenes Leben, sondern lediglich davor, Mary und ihr Baby im Stich lassen zu müssen. Wenn ihm etwas passierte, müsste seine Frau zu ihrer Familie zurückkehren. Falls diese aber nicht in der Lage war, sie zu unterstützen, würde sie wohl das Schicksal so vieler Witwen und Waisen hingerichteter Ludditen und im Krieg gegen Napoleon gefallener Soldaten teilen und im Armenhaus enden.

Diese Vorstellung erfüllte ihn mit unbändiger Wut.

Ist es das, was du willst?, schrie er in Gedanken. *Macht es dir Freude, mich zu quälen wie ein bösartiger kleiner Junge, der einer Fliege die Flügel ausreißt? Den Gefallen werde ich dir ganz bestimmt nicht tun, wenn ich es irgendwie verhindern kann!*

Er zog die Beine an und versuchte erneut, nach dem Kopf des Ungeheuers zu treten und es so zum Loslassen zu bewegen. Zwar war er nicht so stark wie sein Bruder, aber sein Zorn verlieh ihm zusätzliche Kraft.

Er schaffte es, den Unterkiefer der Kreatur mit seinem linken Fuß zu treffen, doch der Tritt hatte nicht den gewünschten Effekt – ganz im Gegenteil, das Wesen biss noch fester zu, so heftig, dass George vor Schmerz aufschrie.

Seine Hand wurde taub, und Panik ergriff ihn bei dem Gedanken, dass sie dauerhaften Schaden davongetragen haben könnte. Gewiss, man konnte zur Not auch nur mit einer Hand weben, aber das war ziemlich mühsam und wenig effektiv.

Er versuchte erneut, sich zu wehren; dabei spürte er plötzlich einen dumpfen Schlag am Hinterkopf. Ihm wurde einen Moment lang schwarz vor Augen, und er hatte einen widerlichen metallischen Geschmack im Mund. Er verlor für einen Moment die Kontrolle über seine Muskeln und spürte erstaunt, wie sich die sein Handgelenk umklammernden Kiefer lockerten.

Stell dich tot, sagte er sich selbst, *vielleicht verliert dieses Ungeheuer dann das Interesse an dir und lässt dich in Ruhe.*

Auch wenn der Impuls, sich zu wehren, fast übermächtig war, zwang er sich dennoch, seinen Körper erschlaffen zu lassen und möglichst flach zu atmen.

Das Wesen schüttelte ihn, als sei es ein Terrier und er eine Ratte, dann ließ der Schmerz in seinem Handgelenk schlagartig nach. George öffnete die Augen, und als er über sich nichts als den tintenschwarzen Sternenhimmel sah, begriff er, dass sein Widersacher endlich von ihm abgelassen hatte. Angst und Beklemmung wichen genauso schnell von ihm wie vorhin der Schmerz, und er fing vor Erleichterung an, heftig zu schluchzen.

Wie lange er so dalag und seinen Tränen freien Lauf ließ, konnte er nicht sagen; da die klamme Kälte des nächtlichen Raureifs jedoch bereits begann, seine warme Winterkleidung zu durchdringen, musste es eine ganze Weile gewesen sein.

Wenn du hier liegenbleibst, wirst du dir den Tod holen, dachte er, als er wieder einigermaßen Herr seiner Sinne war. *Also los, steh auf. Du wirst schließlich noch gebraucht.*

Er drehte sich auf den Bauch und versuchte aufzustehen, doch da sein rechter Arm ihm nicht gehorchte, war der Versuch wenig erfolgreich. Erst im zweiten Anlauf schaffte er es, sich auf die Knie aufzurichten.

Einen bangen Moment lang hatte er das Gefühl, ohnmächtig zu werden, aber glücklicherweise ließ es nach, als er die Augen schloss und sich zwang, tief und ruhig ein- und auszuatmen. Er fühlte sich immer noch so schwach und hilflos, als habe er gerade eine lange und schwere Krankheit überwunden, und seine Haut brannte dort, wo das Wesen ihn gebissen hatte.

Er achtete aber nicht darauf, sondern kam schwankend auf die Füße. Hut, Handschuhe und Laterne hatte er während seines Kampfes verloren, doch das war im Moment nicht wichtig. Er konnte diese Dinge, wenn überhaupt, auch noch morgen suchen.

Auf Beinen, die ihm kaum noch gehorchten, stolperte er mehr geradeaus, als dass er ging, einzig und allein beseelt von dem Gedanken, sich so schnell wie möglich von diesem unheimlichen Ort zu entfernen. In einem etwas wacheren Moment kam ihm erneut in den Sinn, dass er sich verlaufen könnte, doch diesen Gedanken stieß er schnell wieder von sich.

Nach einer endlos erscheinenden Weile stieg der Weg leicht an. George war erleichtert, denn das konnte nur bedeuten, dass er nicht mehr weit von zu Hause entfernt war. Und tatsächlich, als er die Kuppe der kleinen

Anhöhe erreicht hatte, bemerkte er in der Ferne ein winziges gelbliches Licht, dem die Feuchtigkeit in der Luft einen großen, verwaschenen Hof verlieh.

Das musste die Kerze sein, die Mary immer für ihn ins Fenster stellte, wenn er spät abends noch unterwegs war - hier draußen im Moor gab es zum Glück ja keine patrouillierenden Soldaten oder die aus gewöhnlichen Bürgern bestehende „Watch and Ward", die zur Sperrstunde um zehn Uhr abends durch die Straßen patrouillierte und jeden nachdrücklich und mitunter rücksichtslos und gewalttätig dazu aufforderte, das Licht zu löschen und ins Bett zu gehen.

Eine tiefe Liebe zu seiner Frau erfüllte sein Herz und verdrängte einen Moment lang die Beklemmung und die eisige Kälte. Er hatte nur noch einen Gedanken, nämlich den, dieses kleine gelbe Licht und damit die sichere Zuflucht seines Zuhauses zu erreichen.

Plötzlich jedoch kam ihm ein erschreckender Gedanke, und er blieb abrupt stehen. Was, wenn das Ungeheuer ihm folgte und er dadurch jetzt auch Mary in Gefahr brachte?

Mit bis zum Hals schlagendem Herzen und angehaltenem Atem lauschte er in die Stille hinein, konnte aber nichts hören.

Er eilte den Abhang hinunter, wobei er kaum noch auf den Weg achtete, und erreichte endlich ohne weitere Zwischenfälle sein Haus. Er drückte die Klinke hinunter, die Tür schwang langsam auf, und er stolperte über die Schwelle, geradewegs in die Arme seiner Frau.

„George, um Himmels willen!", rief Mary erschrocken. „Was ist bloß mit dir passiert?"

George öffnete den Mund, um zu antworten, doch er war so erschüttert, dass er kein Wort herausbrachte. Er befreite sich aus ihrer Umarmung und leerte mechanisch den Sack mit den Garnspulen in den Korb neben dem Webstuhl, dann hängte er den Mantel an den dafür vorgesehenen Haken neben der Tür. Als das erledigt war, blieb er mitten im Raum stehen, so als wisse er nicht, was als nächstes zu tun sei. Erst als Mary seinen Arm ergriff und ihn zum Feuer zog, konnte er seine Erstarrung abschütteln.

Als er sich vorsichtig in seinem Lehnstuhl niederließ, schrie seine Frau plötzlich auf. „Dein Kopf ... du blutest ja! Bist du etwa überfallen worden, oder hast du dich mit den Ludditen eingelassen?"

George schüttelte langsam den Kopf. Jetzt spürte er einen dumpfen, brennenden Schmerz hinter dem linken Ohr, und als er die Stelle betastete, entdeckte er dort halb getrocknetes Blut. Zuerst erinnerte er sich nicht daran, sich verletzt zu haben, doch dann fiel ihm ein, dass er während seines Kampfes irgendwo mit dem Hinterkopf angeschlagen war. Auch seine von dem Ungeheuer malträtierte Hand spürte er wieder, also streifte er den Ärmel zurück, um das Handgelenk zu untersuchen.

Die Haut schien unverletzt, doch sie brannte heftig, und seine Finger waren taub und eiskalt. Er versuchte, sie mit der Linken zu massieren, aber da das alles noch viel schlimmer machte, ließ er es bleiben. Stattdessen drückte er die Hand gegen seinen Bauch und bedeckte sie mit der anderen, in der Hoffnung, dass die Körperwärme Linderung bringen würde.

Mary, die sich wieder ein wenig gefasst zu haben schien, ging zum Herd und goss ein wenig Wasser in eine flache Schüssel. Dann holte sie ein frisches Handtuch und feuchtete es an. „Halt still", forderte sie ihren Mann auf und begann, vorsichtig die Wunde zu säubern.

Obwohl sie sehr behutsam vorging, konnte sie nicht vermeiden, dass George ein paarmal zusammenzuckte und leise Schmerzlaute von sich gab.

„Es tut mir leid", bedauerte sie, „aber es muss sein. Wenn sich die Wunde entzündet, kann das böse enden."

George seufzte leise. „Schon gut, ich weiß. Mach einfach weiter, ich werde es schon überleben."

Endlich war es überstanden; Mary goss das Wasser aus, stellte die Schüssel beiseite und hängte das notdürftig ausgewaschene Handtuch über die „Winterhecke", das hölzerne Gestell, das sie bei schlechtem Wetter anstelle der Rosenhecke draußen im Garten zum Wäschetrocknen verwendeten.

„Die Wunde hat schon aufgehört zu bluten, und sie scheint auch nicht allzu groß und tief zu sein", stellte sie fest. „Allerdings fürchte ich, dass du ein paar Haare lassen musst." Sie holte die Schere, die auf der Sitzbank des Webstuhls lag, und begann, die dunklen, drahtigen Locken um die Verletzung herum zu stutzen.

„Schneide bloß nicht zu viel ab", scherzte George, dessen Lebensgeister allmählich wieder erwachten. „Du weißt ja, wie das damals mit Samson und Delila war." Mary knuffte ihn leicht in den Rücken, dann fuhr sie mit ihrer Tätigkeit fort. Anschließend schnitt sie einen alten baumwollenen Unterrock aus ihrem Nähkorb in Streifen, um ihn als Verband zu benutzen.

Jetzt erst spürte George auch im Rücken einen Schmerz, wo er während seines Kampfes auf dem Sack mit den Garnspulen gelandet sein musste. Vermutlich würde er dort ein paar prächtige blaue Flecke bekommen, aber das war ein geringer Preis dafür, mit heiler Haut davongekommen zu sein.

Als Mary sich davon überzeugt hatte, dass ihrem Mann weder schlecht noch schwindelig war und er auch keine anderen Anzeichen dafür zeigte, dass seine Kopfverletzung schlimmer war als gedacht, beschloss sie, Tee zu kochen. Während das Wasser heiß wurde, zog sie den zweiten Lehnstuhl heran und ließ sich George gegenüber darauf nieder.

„Jetzt erzähl mal – was genau ist dort draußen eigentlich passiert?"
George seufzte und schloss einen Moment lang die Augen, um sich zu sammeln. Er versuchte, das Erlebte in Worte zu fassen, musste aber feststellen, dass er es nicht konnte. Beschämt senkte er den Blick.

„Ich weiß nicht ... es ist alles so seltsam, so unwirklich. Da war etwas draußen im Moor, das versucht hat, mich zu packen. Es war eine Art ... eine Art riesenhafter Hund ..." Er verzog das Gesicht und schüttelte sich, als wolle er die unangenehme Erinnerung loswerden.

„Versteh mich jetzt bitte nicht falsch", bat Mary, „aber könnte das nicht alles nur eine Folge deines Sturzes gewesen sein?"

„Nein, ich schwöre dir, es ist alles so passiert", versicherte George. „Ich kann dir morgen die Stelle zeigen, damit du mir glaubst!"

„Einverstanden", sagte sie. „Jetzt ist es ja schon viel zu dunkel. Außerdem ist es besser, wenn du jetzt ins Bett gehst. Ich komme auch gleich."

George wollte protestieren, dass er viel zu aufgeregt sei, um zu schlafen, doch in diesem Moment überfiel ihn eine bleierne Müdigkeit. Er schaffte es gerade noch, sich auszuziehen und in sein Nachthemd zu schlüpfen, dann legte er sich hin und war eingeschlafen, kaum dass sein Kopf das Kissen berührte.

Als er aufwachte, war es bereits heller Tag. Er öffnete die Augen, schloss sie aber schnell wieder, als das Licht einen stechenden Schmerz durch seinen Kopf jagte.

„Gütiger Himmel", murmelte er und ließ den Kopf wieder auf das Kissen sinken. Sofort war Mary bei ihm und schaute ihn besorgt an.

„Keine Angst, es ist alles in Ordnung", beruhigte er sie. „Ich brauche nur noch einen Moment." Er blieb noch ein Weilchen liegen, dann setzte er sich vorsichtig auf und rieb sich die Augen.

„Warum hast du mich denn nicht geweckt? Es muss schon fast Mittag sein, und ich habe doch heute so viel zu tun ..."

Mary ließ sich neben ihm auf der Bettkante nieder und nahm seine Hand. „Ich habe dich zuerst schlafen lassen, weil ich dachte, du könntest die Ruhe gut gebrauchen. Aber irgendwann fing ich doch an, mir Sorgen zu machen, weil du dalagst wie ein To-, wie ein Stein."

Sie schluckte und wischte sich die Augen. „Ich wollte gerade versuchen, dich zu wecken, als du zum Glück von selber wach geworden bist. Da war ich wirklich erleichtert, denn ich dachte zuerst, dass deine Kopfverletzung doch schlimmer war als gedacht und hatte solche Angst um dich ..."

„Keine Bange, mir ist wirklich nichts passiert", versicherte George.
Er schwang die Beine über den Bettrand und bewegte den Kopf hin und her, um seinen völlig verspannten Nacken zu lockern. Als der leichte Kopfschmerz kurze Zeit später nachließ, stand er auf und zog sich an.

Mary hatte seine Kleidung so gut wie möglich vom Schlamm und Blut befreit; wenn sie zurück waren, würde er ausnahmsweise seinen Sonntagsanzug anziehen, während sie sich an die gründliche Reinigung machte. Sie frühstückten eine Kleinigkeit, dann machten sie sich auf den Weg. Georges Handgelenk schmerzte zwar immer noch ein wenig, aber er spürte alle Finger und konnte sie ohne Einschränkung bewegen. Vermutlich hatte er also keinen bleibenden Schaden davongetragen.

„Wenn du merkst, dass dir übel wird, sagst du mir sofort Bescheid!", ermahnte Mary ihn nachdrücklich.

„Das mache ich", versicherte George. „Aber es wird nicht nötig sein. Du weißt doch, wir Haighs haben einen harten Schädel."

„Du meinst, einen, der komplett aus Knochen besteht und keinen Platz für ein Gehirn lässt?", scherzte Mary. „In dem Punkt gebe ich dir ganz und gar Recht."

George seufzte theatralisch. „Womit habe ich nur solche Schmähungen verdient?" Wenn er ehrlich zu sich selber war, waren ihm die Neckereien seiner Frau aber sehr willkommen, denn sie lenkten ihn ein wenig von der merkwürdigen Beklemmung ab, die er immer noch empfand.

Sie machten sich auf den Weg, und als sie den Hang hinaufstiegen, schossen George tausend Gedanken durch den Kopf. Was, wenn Mary recht hatte und er sich das alles tatsächlich nur eingebildet hatte? Vielleicht gab es ja auch für seine schmerzende Hand eine ganz natürliche Erklärung. Er wusste jedenfalls, dass er sich seiner Frau gegenüber wie ein Narr vorkommen würde, wenn sich alles als Hirngespinst herausstellte – und auch sich selbst gegenüber hatte er das Gefühl, sich rechtfertigen zu müssen.

Als erstes fanden sie die Laterne, die zwar ein Stück den Abhang heruntergerollt, aber glücklicherweise heil geblieben war. Selbst die Talgkerze in ihrem Inneren hatte den Sturz so gut wie unbeschadet überstanden.

„Es war ein Stück weiter oben", erklärte George. Er stapfte schnellen Schrittes hangaufwärts, doch als er merkte, dass Mary wegen ihrer fortgeschrittenen Schwangerschaft nicht nachkam, zwang er sich, langsamer zu gehen, auch wenn er innerlich vor Ungeduld brannte.

Er hatte Schwierigkeiten, die genaue Stelle wiederzufinden, denn letzte Nacht hatte alles so fremdartig und verändert ausgesehen.

Gerade wollte er aufgeben, als er plötzlich ein paar Fuß neben dem grauen Felsen ein Stück Boden entdeckte, das so zerwühlt war, als habe jemand, der sein Handwerk nicht verstand, versucht, es umzupflügen. Das Heidekraut, das dort stand, war vollkommen plattgedrückt.

„Da – genau da war es! Sieh doch!"

Er schaute zu Mary hinüber, doch sie wirkte immer noch nicht überzeugt.

„Ja, ich sehe, dass da irgendwas Außergewöhnliches passiert ist. Aber könnten das nicht irgendwelche Tiere gewesen sein?"

George biss sich auf die Lippe und stieß einen frustrierten Seufzer aus. Am liebsten hätte er seine Frau angeschrien, dass sie ihm doch endlich glauben solle, aber er wäre sich schäbig und gemein vorgekommen, wenn er sich zu so etwas hätte hinreißen lassen.

Stattdessen richtete er den Blick auf den Boden und lenkte sich mit der Suche nach seinem Hut und den Handschuhen ab.

Beim Verlust des Hutes hätte ihn höchstens die Tatsache geärgert, dass er relativ teuer gewesen war; die Handschuhe wiederzufinden war ihm jedoch wichtig, weil Mary sie ihm im ersten Jahr ihrer Verlobung zu Weihnachten geschenkt hatte. Endlich entdeckte er sie am Rand des kleinen Bächleins, wo er sich zum Trinken niedergehockt hatte. Sie waren etwas schmutzig, aber glücklicherweise heil. Erleichtert steckte er sie in seine Manteltasche und ging hinüber zu Mary, die am Rande des aufgewühlten Fleckens Erde stand und etwas zu ihren Füßen betrachtete. Da George nicht erkennen konnte, was sie so in seinen Bann zog, stieg er über ein paar umgeknickte Heidekrautbüschel, um zu ihr zu gelangen.

Sie hatte sich inzwischen hingehockt und hob etwas vom Boden auf, das sie jedoch sofort mit einem erschrockenen Schrei wieder fallen ließ.

„Was ist los?", fragte er besorgt. Sie zeigte auf den Boden vor sich; George folgte dem Fingerzeig mit dem Blick und entdeckte ein Büschel etwa handspannenlanger, grober Haare, deren Struktur aber nichts Natürliches an sich hatte. Sie waren von einem stumpfen, toten Grauschwarz, und ein seltsamer Geruch ging von ihnen aus und erinnerte George an denjenigen, den er letzte Nacht wahrgenommen hatte. Diese Erkenntnis erschreckte ihn heftig und ließ ihn zusammenzucken; zum Glück bekam das Mary aber nicht mit.

„Ich habe sie aufgehoben, weil ich sie mir genauer ansehen wollte", berichtete sie, „aber als ich sie angefasst habe, hat es fürchterlich wehgetan – so wie ein Hexenschuss, nur in der Hand."

Sie erschauerte, und George legte ihr einen Arm um die Schultern und drückte sie an sich.

Sie standen eine Weile schweigend da, dann war es Mary, die das Wort ergriff.

„Das da ... diese Haare ... sie stammen von dem Wesen, das dich letzte Nacht angegriffen hat, nicht wahr?"

George nickte. Mary umarmte ihn und drückte das Gesicht an seine Brust. „O George, Liebster ... was um alles in der Welt war das?"

„Wenn ich das nur wüsste", erwiderte er niedergeschlagen. Er umarmte seine Frau seinerseits und presste seine Wange gegen die ihre.

„Was sollen wir denn nur tun?", fragte Mary ängstlich.

„Das ist eine gute Frage", erwiderte George. „Wir sollten auf jeden Fall alle anderen warnen, damit niemand mehr diesen Weg entlanggeht und in die Fänge dieser Kreatur gerät. Und wir sollten schleunigst von hier verschwinden -nicht dass sie diesen Ort mit irgendetwas vergiftet hat, das dir oder dem Baby schaden könnte!"

Mary hatte keine Einwände, und so machten sie sich schaudernd auf den Heimweg.

Sommer 1813: Die Tochter der Nacht

This ae nighte, this ae nighte,
Every nighte and alle,
Fire and fleet and candle-lighte,
And Christe tak' up thy saule.

The Lyke-Wake Dirge, trad. Nord-Yorkshire

Als der Leineweber Tom Hirst am 18. Juli 1813 seine Frau Sally verlor,
fühlte er sich, als bräche seine Welt zusammen. Am Morgen war Sally
noch gesund und munter gewesen, doch kurz nach dem Mittagessen hatte
sie plötzlich heftige Bauchschmerzen und Schweißausbrüche bekommen.
Zuerst hatte sie geglaubt, sich den Magen verdorben zu haben. Daher
hatte sie sich ins Bett gelegt, in der Hoffnung, dass ein wenig Ruhe helfen
würde. Doch ihr Zustand hatte sich schnell verschlechtert, und bevor
Tom auch nur daran denken konnte, irgendetwas zu unternehmen, hatte
sie das Bewusstsein verloren und war kurz darauf gestorben.

Wie betäubt saß er nun neben dem Leichnam seiner Frau, unfähig zu
begreifen, was passiert war. Erst als ihm einfiel, dass er Sally würdig
aufbahren musste, bevor die einsetzende Totenstarre das unmöglich
machte, gelang es ihm, sich zu rühren. Er ging zu seiner nicht weit
entfernt wohnenden Schwester Annie und ihrem Mann Jonathan, der
ebenfalls Leineweber war, und berichtete, was vorgefallen war.

Die beiden waren genauso geschockt wie er, aber nachdem sie sich
einigermaßen gefasst hatten, kamen sie mit, um ihm bei seiner traurigen
Pflicht zu helfen.

Als alles erledigt war, kochte Annie eine Schüssel Porridge und trug
Tom auf, es zu essen.

„Ich weiß, dass Essen im Moment das letzte ist, wonach dir zumute ist.
Aber wenn du jetzt zusammenklappst, ist auch keinem geholfen."

Sie drückte ihrem Bruder die Schüssel in die Hand; der stellte sie
jedoch nur auf den Tisch.

„Später", murmelte er matt.

Annie nahm seine Hand und schaute ihm in die Augen. „Sollen
Jonathan und ich dir nicht bei der Totenwache Gesellschaft leisten?"

Tom schüttelte langsam den Kopf.

„Na schön", sagte sie, „aber gleich morgen früh kommen wir und schauen nach dir." Sie wischte sich mit dem Handrücken über die Augen.

„Ich gehe gleich zu Reverend Sykes und sage ihm Bescheid", bot Jonathan an. Er legte seinem Schwager den Arm um die Schultern und drückte ihn an sich. „Es tut mir so leid."

Tom nickte stumm; er fühlte sich so betäubt, dass er nicht einmal weinen konnte, und seine Kehle war wie zugeschnürt.

Er begleitete die beiden zur Tür und sah ihnen nach. Dann wandte er sich um und ging zurück ins Haus.

Annie und Jonathan hatten ihm einen großen Dienst erwiesen, indem sie ihm nicht nur geholfen hatten, Sally aufzubahren, sondern auch den Pfarrer benachrichtigen wollten.

Das Pfarrhaus war zwar nicht weit entfernt, doch Tom fühlte sich nicht in der Lage, diese kurze Strecke zurückzulegen und mit anderen Menschen, auch wenn sie so herzlich und mitfühlend waren wie Reverend Sykes, über seinen Verlust zu sprechen.

Er ging zum Herd und fachte das fast erloschene Feuer wieder an – nicht etwa weil er trotz der drückenden Hitze fror, sondern weil er sich nach dem Trost sehnte, den der helle Schein spenden würde.

Dann suchte er die Kerzen. Auch wenn es nur Talgkerzen waren und keine aus Bienenwachs, die für einen einfachen Leineweber unerschwinglich waren, hatten Sally und er sie stets für besondere Ereignisse aufgespart. Es hatte zwar erst begonnen zu dämmern, und ein Binsenlicht wäre unter normalen Umständen mehr als ausreichend gewesen, aber er fürchtete die Dunkelheit der Nacht, die ihm seinen Verlust noch viel schmerzlicher bewusst machen würde.

Eigentlich war er der Empfindlichere der beiden; Sally hatte immer gescherzt, dass in einem der Nachbardörfer nur jemand niesen musste, und schon liefe kurz darauf auch Tom die Nase. Welch eine Ironie, dass ausgerechnet sie, die Widerstandsfähige, so überraschend aus dem Leben gerissen worden war!

Ihm kamen Bruchstücke des *Lyke Wake Dirge* in den Sinn, jenes alten Liedes, das ihn seine Mutter gelehrt hatte, als er ein Kind war; wie sie ihm erzählt hatte, hatte man das früher stets bei der Totenwache gesungen.

Fire and fleet and candle-lighte, and Christe tak' up thy saule. Feuer, Heim und Kerzenschein, und Christus nehme deine Seele auf.

Früher hatten die Worte keine tiefere Bedeutung für ihn gehabt, doch jetzt trafen sie seine Situation schmerzlich genau.

Nur noch eine Nacht, diese eine Nacht, und dann hieß es Abschied nehmen – womöglich für immer. Alle sagten zwar, man würde sich im Himmel wiedersehen, aber Tom hatte da so seine Zweifel. Schließlich war ja noch niemand von dort zurückgekehrt, um zu berichten, wie das jenseitige Leben aussah. Woher also sollte irgendjemand wissen, was nach dem Tod kam?

Er erhob sich und schaute durch das Fenster in die Dunkelheit hinaus, froh, dass niemand bei ihm war.

Diese eine, letzte Nacht - Feuer, Heim und Kerzenschein - wollte er alleine mit seiner Frau verbringen, um ungestört von ihr Abschied nehmen zu können.

Er setzte sich wieder an den Tisch, barg das Gesicht in den Händen und hoffte, endlich weinen zu können und sich dadurch etwas Erleichterung zu verschaffen. Doch egal wie sehr er sich das wünschte, es gelang ihm nicht.

Nach einer Weile schob er die Schüssel mit dem unangetasteten Porridge von sich und schlug mit der Faust auf den Tisch, um seinem Schmerz Luft zu machen. Dann stieß er einen unterdrückten Schrei aus, der in der tiefen Stille trotzdem ohrenzerreißend laut wirkte, verschränkte die Arme auf dem Tisch und bettete den Kopf darauf. Endlich löste sich seine innere Erstarrung, und er konnte seinen Gefühlen freien Lauf lassen.

In dieser Haltung fanden ihn Annie und Jonathan, als sie früh am nächsten Morgen kamen, um ihm beizustehen, wenn er Sally zur letzten Ruhe geleitete.

Von der Beerdigung bekam er nicht viel mit, was mit Sicherheit eine Gnade war. Als alles vorbei und er wieder zu Hause war, fragte Annie, ob Jonathan oder sie bei ihm bleiben sollten, doch Tom lehnte erneut ab. Mit Ausnahme seiner Frau hatte er nie andere Menschen um sich ertragen können, wenn es ihm nicht gut ging; jetzt war ihm die gut gemeinte Fürsorge und Zuneigung von Schwester und Schwager erst recht zu viel.

Die nächsten Tage verbrachte Tom wie in Trance. Wenn Nachbarn und Freunde kamen, um ihm einen Beileidsbesuch abzustatten, bewirtete er sie zwar mit Tee und Haferpfannkuchen mit Sirup, reagierte auf ihre Fragen und versicherte allen, es gehe ihm den Umständen entsprechend gut und er käme schon zurecht, aber er fühlte sich innerlich wie ausgehöhlt.

Da er die Stille und die Leere in dem Häuschen, das er fast zwanzig Jahre lang mit Sally geteilt hatte, nicht ertrug, versuchte er, sich mit Arbeit abzulenken. Er musste aber bald feststellen, dass er nicht viel mehr tat, als die Wand des kleinen Anbaus, in dem sein Webstuhl stand, anzustarren und darauf zu warten, dass es Abend wurde.

Etwa zwei Wochen nach Sallys Tod hatte er einmal mehr versucht, etwas Produktives zu tun, aber wie bei den vorigen Malen war er nicht dazu in der Lage gewesen. Erst als er auf der Bank seines Webstuhls gesessen hatte, bis die Nacht hereinbrach, musste er sich eingestehen, dass es keinen Zweck hatte; also erhob er sich und beschloss, schlafen zu gehen. Es war nach wie vor drückend heiß, und obwohl in der Ferne Donner grollte, schien er keine Erleichterung durch Regen zu bringen, sondern nur eine falsche Hoffnung auf Abkühlung zu wecken. Tom lag im Bett, das ihm jetzt viel zu groß und zu leer vorkam, und starrte ins Dunkel, bis er in einen unruhigen und von seltsamen Träumen heimgesuchten Schlaf fiel.

Die Sonne stand bereits hoch am Himmel, als ihn ein Klopfen an der Tür weckte. Zunächst versuchte er, es zu ignorieren und weiterzuschlafen, doch als es drängender wurde, gab er nach und erhob sich schwerfällig. Er zog das Nachthemd aus, schlüpfte in Hemd und Hose und streifte eine Weste über, ohne sie zuzuknöpfen. Unter normalen Umständen hätte er sich so niemandem gezeigt, aber im Moment waren ihm solche Äußerlichkeiten vollkommen egal.

Während er auf bloßen Füßen zur Tür tappte, fuhr er sich mit den Fingern durch die Haare, dann drückte er die Klinke herunter.

Er hatte seine Schwester oder einen Nachbarn erwartet; die junge Frau, die ihm gegenüberstand, hatte er jedoch noch nie im Leben gesehen. Sie war so klein und zart, dass sie beinahe zerbrechlich wirkte. Ihr Gesicht war sehr blass, und ihre wie vom Weinen geröteten Augen lagen tief in dunklen Höhlen. Eine krause schwarze Haarsträhne schaute unter ihrer Haube hervor und schmiegte sich an ihre ausgezehrte Wange.

Mein Gott, sie sieht genauso elend aus, wie ich mich fühle, dachte Tom. Er rieb sich die Augen und versuchte, einen klaren Kopf zu bekommen. „Was ist los?", murmelte er. Er betrachtete sein Gegenüber genauer. Eben hatte er den Eindruck gehabt, dass sie sehr jung war, fast noch ein Mädchen, doch jetzt wirkte sie deutlich älter.

„Ich suche einen Weber, der mir ein Tuch aus meinem Garn macht", sagte die Frau mit leiser, rauer Stimme. „Da bin ich bei Ihnen doch richtig, nicht wahr, Master Hirst?"

„Ja", erwiderte Tom automatisch. Ihm war kein bisschen danach, einen neuen Auftrag anzunehmen, doch fast gegen seinen Willen streckte er die Hände aus und ergriff den Sack mit Garnspulen, den die seltsame Frau ihm hinhielt.

„Bis wann brauchen Sie es, Miss -", begann Tom, doch die Frau unterbrach ihn. „Ich werde kommen, wenn es fertig ist", sagte sie und wandte sich zum Gehen. „Übrigens, mein Name ist Achlys. Leben Sie wohl, Master Hirst."

Sie eilte davon, und Tom schaute ihr nach, bis sie um die Wegbiegung verschwunden war.

Hatte er sich getäuscht oder hatte seine seltsame Besucherin jetzt wieder deutlich jünger ausgesehen? Warum konnte er bloß ihr Alter nicht einschätzen? Vielleicht lag es ja daran, dass er im Moment nicht ganz Herr seiner selbst war.

Er nahm eine Garnspule aus dem Sack, um sie sich genauer anzuschauen. Auf den ersten Blick hatte sie nichts Besonderes an sich, doch als er das lose Ende abrollte, bemerkte er, dass der Faden außergewöhnlich zart und dünn war.

In den fast dreißig Jahren, die er als Weber arbeitete, hatte er schon so manch feines Leinengarn in den Händen gehalten, aber so etwas war ihm noch nie untergekommen. Wie sollte er den bloß verarbeiten, wenn schon ein normaler dünner Faden dazu neigte, selbst bei geringer Beanspruchung zu reißen, selbst wenn man ihn mit großer Vorsicht behandelte? Die Farbe des Garns überraschte ihn ebenfalls, denn statt des üblichen hellen Brauntons – das Leinen wurde ja erst gebleicht, wenn es fertig gewebt war – war es von einem hellen, fast silbrigen Grau.

Er packte das Ende des Fadens und zog probeweise daran. Überrascht stellte er fest, dass er nicht wie erwartet nachgab, sondern im Gegenteil so stabil war, dass er schmerzhaft in seinen Finger schnitt und eine Wunde hinterließ. Erschrocken ließ er die Spule fallen und steckte reflexartig den verletzten Finger in den Mund, damit das hervortretende Blut nicht das Garn befleckte.

Sehr, sehr merkwürdig. Aber vielleicht hat sie ja eine Möglichkeit gefunden, einen Leinenfaden herzustellen, der sehr fein ist und trotzdem nicht reißt. Vielleicht erklärt das ja auch die ungewöhnliche Farbe. Ich muss sie unbedingt danach fragen, wenn sie wiederkommt.

Als er wenig später die Kette einrichtete, ging ihm durch den Kopf, dass seine geheimnisvolle Besucherin nicht gesagt hatte, in welcher Größe sie ihr Tuch haben wollte; seltsamerweise schien er es jedoch ganz genau zu wissen.

Er versuchte, sich an das Gesicht der Frau zu erinnern, und stellte zu seiner Überraschung fest, dass ihm das nicht gelang. Sie hatte ihm doch auch ihren Namen genannt – hatte er nicht Agnes gelautet? Nein, nicht ganz, aber so ähnlich hatte er sich angehört.

Endlich war die Kette fertig. Er nahm sich eine frische Spule, legte sie in das Weberschiffchen ein und begann mit der Arbeit. Das Klappern des Webstuhls und die Monotonie seiner Arbeit hatten ihn stets beruhigt, wenn er aufgebracht oder traurig war. Auch diesmal war das der Fall, und so überließ er sich ganz und gar der tröstenden Routine. Die Apathie der letzten Tage schien von ihm abgefallen zu sein, und er fühlte sich tatsächlich ein bisschen besser; selbst die Hitze schien ihm nicht mehr so sehr zuzusetzen.

Er hatte wie immer die Schuhe ausgezogen, weil es dann leichter fiel, den jeweils korrekten Tritt zu ertasten und mit dem Fuß herunterzudrücken.

Nach einer Weile wurde es ihm zu warm, daher löste er die Knöpfe an den Kniebünden der Hose, streifte die Strümpfe ab und legte sie neben sich auf die Bank des Webstuhls. Er streckte die Beine aus und seufzte erleichtert. Ja, so war es viel besser.

Er hielt kurz inne, um einen Insektenstich am linken Schienbein mit den Zehen des anderen Fußes zu kratzen, dann fuhr er fort zu weben.

Als er zum ersten Mal innehielt, stellte er überrascht fest, dass es draußen bereits dunkel wurde. Die Euphorie, die er während der Arbeit verspürt hatte, wich schlagartig von ihm und machte einer fast lähmenden Erschöpfung und tiefen Melancholie Platz.

Er stützte die Ellbogen auf den Brustbaum des Webstuhls, barg das Gesicht in den Händen und stieß einen langen Seufzer aus. Nachdem er eine Weile in dieser Haltung verharrt hatte, stand er auf, stemmte die Hände in den Rücken und streckte sich. Ihm wurde einen Moment lang schwarz vor Augen, und er fragte sich, wie lange er da gesessen hatte. Er hatte schon öfter von längerem Weben Rückenschmerzen bekommen, aber derart schlimm waren sie noch nie gewesen.

Er ging steifbeinig zum Fenster und schaute hinaus. Draußen herrschte ein fahles Dämmerlicht, und die tiefhängenden Wolken, die den gesamten Himmel bedeckten, waren grau wie Blei.

Vielleicht gibt es endlich ein Gewitter, dachte er. *Das wäre eine Erlösung nach dieser fürchterlichen Hitze. Aber wenn ich mir den Himmel so anschaue, wird es bestimmt ein ziemlich heftiges Unwetter werden.*

Eine seltsame Mischung aus Schwermut und banger Vorahnung erfüllte sein Herz.

„Was um Himmels willen ist bloß mit dir los?", fragte er laut. Seit Sallys Tod hatte er sich angewöhnt, mit sich selber zu sprechen. Einerseits fand er das selbst ein bisschen komisch, aber andererseits tröstete es ihn, also hielt er an dieser Gewohnheit fest.

Er ging ins Haus hinüber und versuchte, sich mit allen möglichen Tätigkeiten abzulenken, doch egal, was er tat, er wurde das seltsame Gefühl nicht los. Außerdem verspürte er jetzt eine nervöse Anspannung, deren Ursprung er sich nicht erklären konnte. Nicht einmal im letzten Frühjahr, als sein Schwager mit dem Gedanken gespielt hatte, nach Leeds oder Halifax zu gehen und sich dort den Ludditen anzuschließen, war er so unruhig gewesen, obwohl das ja wirklich ein Grund zur Sorge gewesen wäre.

Schließlich gab er nach und ging wieder nach nebenan, um ungeachtet seiner Rückenschmerzen weiter zu weben. Er arbeitete, bis es vollkommen dunkel und er so erschöpft war, dass er es nur mit knapper

Not ins Bett schaffte. Auch wenn er sich wie zerschlagen fühlte, war er nicht unglücklich darüber – vielleicht würde er jetzt endlich Ruhe finden.

Allerdings musste er bald feststellen, dass er sich in dieser Hinsicht getäuscht hatte.

In immer kürzeren Abständen erhellten Blitze die Dunkelheit, aber die paar zögerlichen Regentropfen, die die ausgedörrte Erde benetzten, brachten keine wirkliche Erleichterung. Es schien Tom fast so, als verhöhnten sie die sich nach Abkühlung sehnende Natur, indem sie ein winziges Bisschen Feuchtigkeit spendeten, das alles andere als ausreichend war. Endlich fiel er in einen eher einer Ohnmacht gleichenden tiefen Schlaf.

Er hatte einen seltsamen Traum, der allerdings ganz normal damit begann, dass er an seinem Webstuhl saß. Er fühlte sich entrückt und leicht betäubt, wie vorhin, als er an seinem neuen Auftrag gearbeitet hatte. Das Gefühl schien ihm zwar ein wenig befremdlich, aber durchaus nicht unangenehm, nahm es doch seinem Kummer den Stachel.

Als er einen Augenblick innehielt, um die Spule zu wechseln, glaubte er, das Geräusch leiser Schritte vor der Tür zu hören.

Das ist Sally, schoss es ihm durch den Kopf. *Sie kommt, um mir etwas zu essen zu bringen, wie sie es immer tut.*

Als ihm bewusst wurde, dass das nicht sein konnte, schüttelte er den Kopf und brachte sich selbst wieder auf den Boden der Wirklichkeit zurück.

Sei kein Narr. Sally ist tot, und du bildest dir das alles nur ein.

Einmal mehr wurde ihm der Verlust seiner Frau schmerzlich bewusst, und er brach erneut in Tränen aus. Ihm kam in den Sinn, dass der Urheber der Schritte ihn weinen sehen könnte, wenn er oder sie hereinkam, aber es war ihm egal. Sollten sie es doch sehen. Denn hatte er nicht das Recht, seine Frau zu betrauern?

Als er sich ein wenig beruhigt hatte, wandte er sich wieder seiner Arbeit zu. Nach kurzer Zeit schreckte er auf, weil sich die Tür fast geräuschlos öffnete – das Klappern des Webstuhls hätte ein derart leises Geräusch eigentlich übertönen müssen, aber Tom hörte es trotzdem. Er blickte hoch und entdeckte seine geheimnisvolle Besucherin, die jedoch nicht eintrat, sondern auf der Schwelle stehen blieb und ihn schweigend anschaute.

„Du bist Achlys", sagte er. Jetzt, im Traum, fiel ihm ihr Name wieder ein. Sie betrachtete ihn mit einem Gesichtsausdruck, den er nicht deuten konnte.

„So haben mich die alten Griechen genannt", erwiderte sie mit leiser und doch durchdringender Stimme. „Ihr Menschen habt mir viele Namen gegeben, aber ‚Achlys' ist derjenige, der mir am besten gefällt. Er bedeutet nämlich ‚Nebel' oder ‚Dunkelheit', und egal, wie ihr mich nennt, mein Wesen ist immer das gleiche - die nächtliche Dunkelheit, der Nebel des Todes und die tiefe Trauer."

Sie kam näher, und Tom bemerkte erstaunt, dass ihre Schritte so geräuschlos waren wie die einer Katze. Achlys trat zum Webstuhl und neigte den Kopf; dabei rann eine Träne ihre Wange hinunter und fiel auf das auf dem Brustbaum aufgewickelte Leinen. Dort wurde sie jedoch nicht von dem Gewebe aufgesogen, sondern blieb wie ein silbrig schillernder Tautropfen liegen.

„Ich bin aber nicht nur die Dunkelheit der Nacht, sondern auch die in den Herzen der Sterblichen. So wie in deinem." Sie streckte die Hand aus und strich Tom über die Wange. Er zuckte heftig zusammen, und ihm war, als verkrampften sich alle Muskeln seines Körpers gleichzeitig. Seine Wange brannte dort, wo Achlys ihn berührt hatte, wie bei einer Erfrierung. Er wollte zurückweichen, konnte sich aber nicht von der Stelle rühren.

Achlys berührte das bereits fertige Tuch mit einem langen, knochigen Finger. „Wie überaus schön und ebenmäßig es doch ist. Ich sehe, du verstehst dein Handwerk, Tom." Seltsamerweise spürte er diese Berührung als eiskalten Stich in seinem Inneren, eine Vorstellung, die ihn schaudern ließ.

Wenn das mal nicht der Beweis ist, dass du dabei bist, den Verstand zu verlieren. Er lachte freudlos auf. *Aber selbst wenn das passiert, ist es ja nicht so schlimm.*

Sally und er hatten sich immer Kinder gewünscht, aber nie welche bekommen, eine Tatsache, die ihnen einigen Kummer bereitet hatte. Doch wenn man die gegenwärtige Situation betrachtete, war es vielleicht besser so.

„Du verlierst nicht den Verstand", sagte Achlys, „all dies geschieht wirklich."

Tom zuckte zusammen. „Woher weißt du …?"

„Ich bin die Tochter der Nacht. Meine Mutter hat mich gelehrt, in die Herzen der Menschen zu schauen, so wie sie selbst es auch kann. Sie ist es doch in der Regel, der ihr euren Kummer anvertraut, wenn ihr keinen Schlaf findet. Oder irre ich mich?"

Sie lächelte ihn an, doch etwas an ihrem Lächeln machte Tom nervös. *Sie sieht hungrig aus – hungrig und gierig.* Es war ein seltsamer und verstörender Gedanke, aber genau das war sein Eindruck.

Als er den Mund öffnete, um etwas zu sagen, hob Achlys die Hand, und ihm erstarb die Stimme. Er rang keuchend nach Atem, und dann wurde ihm schwarz vor Augen.

Als er aufwachte, fühlte er sich wie zerschlagen. Zwar erinnerte er sich nur noch bruchstückhaft an den Traum, aber er hatte immer noch das Gefühl drohenden Unheils, das ihn charakterisiert hatte.

Ich werde dieses verfluchte Tuch nicht mehr anrühren, versprach er sich selbst. *Vielleicht sollte ich es zerschneiden. Oder besser noch, verbrennen.*

Er ging in den Anbau, fest entschlossen, sein unheilvolles Werk zu zerstören. Doch kaum hatte er es berührt, als der Drang zu weben ihn überwältigte und er nicht anders konnte, als sich hinzusetzen und an dem seltsamen Tuch weiterzuarbeiten.

Wie immer in den letzten Tagen arbeitete er bis zur völligen Erschöpfung; als er es endlich schaffte, sich von dem Webstuhl loszureißen, war er wütend auf sich selbst und auf seine Willensschwäche, die es ihm nicht erlaubt hatte, sein Vorhaben in die Tat umzusetzen.

Ein paar Tage später saß Tom wieder einmal am Webstuhl, als es an der Tür klopfte. Er erhob sich, um nachzusehen, wer da war. Als er öffnete, stand er seinem Schwager gegenüber, der ihn erschrocken anstarrte.

„Was ist los?", fragte Tom. „Du siehst aus, als hättest du ein Gespenst gesehen!"

Normalerweise kam er sehr gut mit Jonathan aus, aber heute störte ihn dessen Anwesenheit auf eine Art und Weise, die er sich nicht erklären konnte. Er wollte einfach nur seine Ruhe haben und weiter weben – konnte oder wollte das denn niemand begreifen?

Jonathan verzog das Gesicht. „Als hätte ich ein Gespenst gesehen? Das kann man wohl sagen. *Du* bist das Gespenst, mein Lieber. Hast du dich eigentlich mal in letzter Zeit im Spiegel angeschaut?"

Tom seufzte entnervt. „Ich weiß, ich habe ein bisschen abgenommen. Seit Sally tot ist, schmeckt mir das Essen einfach nicht mehr. Das ist ja wohl kaum verwunderlich, oder?"

„,Ein bisschen abgenommen' ist ja wohl stark untertrieben!", erwiderte Jonathan. „Du warst immer ziemlich schlank, aber jetzt bist du nur noch Haut und Knochen. Selbst wenn man eine ganze Weile gar nichts isst, verliert man nicht derart viel an Gewicht. Was um alles in der Welt ist los mit dir, Tom?" Er trat vor und packte seinen Schwager beim Ellbogen. „Ich will dir ja wirklich nicht auf die Nerven gehen, glaub mir. Es ist nur so, dass Annie und ich uns schreckliche Sorgen um dich machen. Willst du nicht lieber ein paar Wochen lang bei uns wohnen ... nur bis es dir wieder besser geht?"

Er versuchte, Tom sanft vom Webstuhl wegzuziehen, doch der wehrte sich energisch. Zu seinem eigenen Schrecken hob er plötzlich die Hand, ballte die Faust und schlug Jonathan mit aller Kraft ins Gesicht. Mit einem Fluch ließ sein Schwager ihn los und sprang erschrocken rückwärts, wobei er sich die Hand an die Unterlippe presste. Als er sie wegnahm, bemerkte Tom voller Entsetzen, dass sie blutig war.

„Jonathan, es tut mir so leid! Glaub mir, ich wollte das nicht ...“

Der Angesprochene zog sein Taschentuch aus der Tasche und drückte es gegen die aufgeplatzte Lippe. „Ich glaube, es ist besser, wenn ich jetzt gehe“, sagte er mühsam beherrscht. „Ich werde morgen wiederkommen, wenn du ... dich ein wenig beruhigt hast.“

Damit wandte er sich auf dem Absatz um und ging. Tom blieb verwirrt und erschrocken zurück.

Er konnte einfach nicht begreifen, was in ihn gefahren war. Noch nie in seinem Leben hatte er die Hand gegen jemanden erhoben, wie konnte es sein, dass er sich derart vergessen hatte?

Bei dem Gedanken fühlte er sich beschämt und traurig.

Gleich morgen, so nahm er sich vor, würde er hinübergehen und sich bei Jonathan entschuldigen.

Aber jetzt nicht – jetzt würde er noch ein bisschen weben, und danach würde er sich sicher besser fühlen.

Nach einer Weile – wie lange, konnte er nicht sagen – verspürte er Hunger und Durst. Doch diese Empfindungen schienen nicht zu ihm selbst zu gehören, sondern er nahm sie nur ganz undeutlich und wie durch einen Nebel wahr. Aber selbst wenn er die körperlichen Bedürfnisse deutlicher empfunden hätte, wären sie ihm egal gewesen. Mittlerweile waren sie ihm nämlich nicht mehr wichtig. Es kam ihm nur noch darauf an, das Tuch fertigzustellen, alles andere war vollkommen nebensächlich.

Als er sich irgendwann erhob, überkam ihn plötzlich ein Schwindelgefühl, das so heftig war, dass er sich am Webstuhl festhalten musste. Er schaffte es für kurze Zeit, das Gleichgewicht zu halten, doch dann gaben seine Knie nach und er verlor das Bewusstsein.

Als er wieder zu sich kam, lag er in seinem Bett, und Annie beugte sich mit besorgtem Gesicht über ihn.

„Gott sei Dank, du bist wach! Jonathan und ich haben uns solche Sorgen um dich gemacht!“

Tom schluckte und versuchte zu sprechen, doch er brachte lediglich ein heiseres Krächzen hervor. Annie schien dennoch zu ahnen, was er sagen wollte.

„Wir wollten dich besuchen und nachschauen, wie es dir geht und ob du irgendwas brauchst. Außerdem wollte sich Jonathan dafür entschuldigen, dass er dich so aus der Fassung gebracht hat. Da du weder im Haus noch draußen warst, haben wir im Anbau nachgeschaut, und da lagst du auf dem Boden neben dem Webstuhl. Zuerst haben wir geglaubt, du seist tot ...“ Sie wischte sich mit einer Ecke ihrer Schürze die Augen.

Das wäre vielleicht gar nicht so schlecht, dachte Tom. Er fühlte sich so krank und elend wie nie zuvor in seinem Leben. Seine Hände und Füße waren eiskalt, dennoch war ihm, als glühe er vor Fieber.

Als er versuchte zu sprechen, schmerzte seine Kehle so sehr, dass er den Versuch schnell aufgab.

Annie gab ihm einen Becher Milch zu trinken und legte ihm eine Hand auf die Stirn; auch wenn die Berührung überaus zart und vorsichtig war, war seine Haut so empfindlich, dass sie ihn schmerzhaft zusammenzucken ließ.

Seine Schwester wich erschrocken zurück. „Keine Angst", versuchte sie ihn zu beruhigen, „ich tue dir nichts. Bestimmt wird alles wieder gut werden. Jonathan sagt übrigens, dass er dir den Schlag verzeiht. Schließlich hätte er dich ja nicht so reizen müssen."

Da ihn nach wie vor heftige Gewissensbisse wegen seines gestrigen Ausrutschers plagten, machte diese Bemerkung Tom sehr zu schaffen. Er hätte damit leben können, dass Jonathan ihn anschrie oder seinerseits schlug, denn das wäre eine gerechte Strafe gewesen. Aber zu hören, dass sein Schwager ihm vergab, war einfach zu viel.

Er seufzte und schloss die Augen; kurze Zeit später schreckte er jedoch hoch, als er von nebenan das Klappern des Webstuhls vernahm.

Annie bemerkte seine Unruhe, aber sie verstand den Grund dafür nicht.

„Mach dir keine Sorgen. Jonathan wird sich um deine Arbeit kümmern, damit sie fertig ist, wenn dein Auftraggeber sie abholen kommt. So ein wunderschönes, zartes Leinen habe ich wirklich noch nie gesehen. Und was für eine seltsame Farbe es hat!"

Tom versuchte, sich auf die Ellbogen aufzurichten und zu protestieren, doch er schaffte es nicht.

Er schloss wieder die Augen und spürte, wie ihn eine Welle der Verzweiflung überkam. Dann stieß er einen langen, zitternden Seufzer aus, während ihm Tränen der Hilflosigkeit übers Gesicht rannen. Er hätte alles dafür gegeben, das drohende Unheil von seiner Schwester und ihrem Mann abwenden zu können. Aber er war machtlos, und Achlys hatte ihr nächstes Opfer gefunden.

An die Mitglieder der Royal Society

London, 18. August 1813

Gentlemen,

vor kurzem ist mir zu Ohren gekommen, dass es in der Gegend zwischen Manchester, Leeds und Hutton Rudby in den Grafschaften Lancashire und Yorkshire in den letzten drei Jahren immer wieder zu unerklärlichen Vorfällen gekommen ist.

Um deren Ursache zu ergründen und, falls möglich, weiteren Schaden von der Bevölkerung abzuwenden, bitte ich diejenigen unter Ihnen, die abkömmlich sind und sich dieser Aufgabe gewachsen fühlen, sich so schnell wie möglich mit mir in Verbindung zu setzen, damit wir alle Einzelheiten der Reise besprechen können. Selbstverständlich wird die Royal Society Sie bei diesem Vorhaben mit allen Kräften unterstützen.

Ich wünschen Ihnen bei Ihrem Vorhaben viel Glück und Erfolg und verbleibe

Mit vorzüglicher Hochachtung

Sir Joseph Banks, Präsident

Nachwort

Wenn man im deutschen Sprachraum an die Industrielle Revolution und die damit verbundenen extremen sozialen Veränderungen und Armutsprobleme denkt, fällt einem vermutlich als erstes der schlesische Weberaufstand von 1844 ein. Weniger bekannt ist jedoch hierzulande, dass sich davor schon anderorts Weber gegen die zum Schlechteren veränderten Lebensumstände und den Verlust ihrer Arbeitsplätze durch die Mechanisierung aufgelehnt hatten, so zum Beispiel die Seidenweber 1831 in Lyon, und dass es nicht nur die Weber waren, die von diesen Veränderungen betroffen waren. Auch die Tuchscherer, einst hochspezialisierte und gut bezahlte Handwerker, mussten erkennen, dass ihre Arbeit durch die von den Brüdern James und Enoch Taylor aus Marsden in Yorkshire erfundene Tuchschermaschine überflüssig wurde.

In England war die Lage aufgrund der durch die Napoleonischen Kriege hervorgerufenen Wirtschaftskrise besonders prekär. Aus diesem Grunde war es für arbeitslose Weber und Tuchscherer schwer bis unmöglich, anderswo Anstellung zu finden. Es gab zwar in den Fabriken einen großen Bedarf an Arbeitskräften, jedoch wurden Frauen, Kinder und ungelernte Männer bevorzugt, weil deren Löhne niedriger waren.

Es hatte schon vorher des öfteren Unruhen in der Textilindustrie gegeben, aber durch die schlechte wirtschaftliche Lage spitzte sich die Situation zu, bis es am 11. März 1811 in Nottingham zu Protesten auf dem Marktplatz durch eine Gruppe von einigen hundert Strumpfwirkern kam. Diese marschierten später in das nördlich von Nottingham gelegene Arnold und zerstörten dort, angefeuert und unterstützt von der Bevölkerung, etliche Strumpfwirkerstühle.

Schon bald breitete sich diese Protestbewegung auf die benachbarten Grafschaften Lancashire und Yorkshire aus. Es waren nicht nur Strumpfwirker, Weber und Tuchscherer, die sich ihr anschlossen, sondern auch Angehörige anderer Handwerkszweige, wie der Sattlerlehrling John Booth. Die Protestierenden gaben sich den Namen „Ludditen" (englisch: „Luddites") und bezogen sich damit auf den Strumpfwirker Ned Ludd, der, nachdem er von seinem Vater oder seinem Meister getadelt worden war, in einem Wutanfall seinen Strumpfwirkerstuhl mit einem Hammer zerschlagen haben soll. Diese Geschichte oder Variationen davon waren im gesamten sogenannten

„Ludditendreieck" verbreitet; die Historiker sind sich jedoch einig, dass dieser Ned Ludd wohl nie existiert hat.

Zunächst richtete sich der Zorn der Ludditen nur gegen die Maschinen, doch nachdem Samuel Hartley und John Booth bei dem Angriff auf Rawfolds Mill ums Leben gekommen waren, wendete sich das Blatt. Ein Anschlag auf William Cartwright, den Besitzer der Fabrik, mit dem die Ludditen den Tod ihrer beiden Mitstreiter hatten rächen wollen, missglückte, und so entschlossen sie sich, wie in „Zeit der Reue" geschildert, stattdessen zu der Ermordung des Fabrikanten William Horsfall.

Nach der Hinrichtung von George Mellor, William Thorp, Thomas Smith und etlichen der an dem Rawfolds-Angriff Beteiligten verlor der Luddismus jedoch mehr und mehr an Rückhalt, vor allem, weil die Bevölkerung durch die massive militärische Präsenz und die unnachgiebige Verfolgung der Ludditen und ihrer Unterstützer eingeschüchtert war und jeder fürchten musste, ebenfalls gehängt oder nach Australien deportiert zu werden.

Zudem begannen etliche Kleinkriminelle, den Luddismus als Deckmäntelchen für Raub und Einbrüche zu benutzen, die aber mit dem eigentlichen Ziel der Bewegung rein gar nichts zu tun hatten, sondern lediglich der persönlichen Bereicherung dienten.

Die Niederschlagung des sogenannten „Pentrich-Aufstandes", eines Versuches, am 9. Juni 1817 unter der Führung des arbeitslosen Strumpfwirkers Jeremiah Brandreth die Stadt Nottingham zu erstürmen, wird gemeinhin als das Ende des Luddismus angesehen. Brandreth war bereits 1811 in die Aufstände in Nottingham involviert gewesen; sein neuerlicher Versuch scheiterte jedoch an der schlechten Bewaffnung und Organisation seiner Anhänger.

Auch wenn heutzutage der Begriff „Luddite" in der englischen Sprache gemeinhin so verstanden wird, darf man den Ludditen keinesfalls unterstellen, dass sie Fortschritts- und Technologiefeinde waren – ganz im Gegenteil, sie erkannten die Zeichen der Zeit und befürworteten in einem gewissen Maße durchaus die Arbeitserleichterung, die ihnen die neuen Technologien boten.

Sie protestierten lediglich gegen die Geschwindigkeit, mit der der Wandel vorgenommen wurde, und dagegen, dass ihnen nach dem Verlust ihrer Arbeitsplätze in dieser schwierigen Zeit häufig keine Alternative blieb außer dem Umzug in die ohnehin schon überbevölkerten Städte und einem elenden Dasein als Fabrikarbeiter.

Die meisten Personen in diesem Buch sind fiktiv. William Horsfall, William Cartwright, John Wood, George Mellor, William Thorp, Thomas Smith, Samuel Hartley, der Sattler Wright und John Booth haben jedoch wirklich existiert. Bei der Beschreibung dieser Personen und ihrer Schicksale habe ich mich an die historischen Begebenheiten gehalten; lediglich John Booths Interesse für Astronomie und seine Freundschaft zu dem fiktiven Sam Nicholls sind meiner Fantasie entsprungen.

Auch Barton's Mill, der Collier's Beck und das Dorf Whinbridge existieren nur in meiner Vorstellungskraft.

Starkey's Mill wurde in Wirklichkeit erst im Jahre 1819 eröffnet. Da mir aber die Ironie ihrer Lage gefiel, habe ich die Eröffnung um ein paar Jahre vorverlegt. Die historische Starkey's Mill war eine der ersten Volltuchfabriken, in der alle Arbeitsschritte vom Spinnen bis zum Scheren und Pressen unter einem Dach erledigt wurden; ob es davor in Manchester schon solche für Baumwollstoffe gab, wie in „Der Schatten aus der Tiefe" geschildert, ließ sich nicht herausfinden. Es scheint aber nicht ganz unwahrscheinlich.

Der Sommer 1812, den ich als heiß und trocken geschildert habe, war in Wirklichkeit extrem nass und kalt, was allerdings ebenfalls zu verheerenden Missernten führte.

Den gewaltigen Kometen von 1811 gab es wirklich; er muss ein wahrhaft beeindruckender Anblick gewesen sein, den die Leute je nach persönlicher Vorliebe als gutes oder schlechtes Omen ansahen.

Die in „Begegnung am Collier's Beck" geschilderte Hungerrevolte in Leeds ist ebenfalls eine historische Tatsache.

Ich hoffe, dass die fiktiven Personen das Leben, die Sorgen und Nöte der wirklichen Menschen in jener turbulenten Zeit ausreichend widerspiegeln und dem Leser einen kleinen Einblick in ihre Lebenswelt gewähren.

Denjenigen, die sich näher mit den Ludditen und ihrer Zeit befassen möchte, seien folgende Bücher und Webseiten empfohlen:

Robert Reid, *Land of Lost Content. The Luddite Revolt 1812*. Sphere Books Ltd. 1986.

An Historical Account of the Luddites of 1811, 1812, And 1813, With Report of their Trials at York Castle, from the 2nd to the 12th of January, 1813, Before Sir Alexander Thompson and Sir Simon Le Blanc. Sagwan Press, an Imprint of Creative Media Partners.

Daniel Frederick Edward Sykes & George Henry Walker, *Ben o'Bill's, The Luddite*. Amazon Distribution GmbH, Leipzig. (Erstveröffentlichung 1898)

John Wheatley, *Enoch's Hammer, A Tale of the Yorkshire Luddites*, Amazon Publishing 2019.

Georgina Hutchison, *Under the Canopy of Heaven, A Luddite Novel*, Amazon Publishing 2018

George Walker, *The Costume of Yorkshire*, Caliban Books 1978 (Erstveröffentlichung 1814), hier besonders Tafel 5 „The Cloth Dresser" („Der Tuchscherer"), Tafel 21 „The Preemer Boy" („Der Tuchschererlehrling") und Tafel 28 „The Cloth Hall" („Die Tuchhalle").

The Luddite Link: www.ludditelink.org.uk

The Luddite Bicentenary: ludditebicentenary.blogspot.com

Danksagung

An dieser Stelle möchte ich mich von ganzem Herzen bei denjenigen bedanken, die mir beim Schreiben dieses Buches eine große Hilfe waren.
Ralf Reiter hat alle Geschichten redigiert und mir geholfen, meinen Schreibstil zu verbessern und viele Fehler auszumerzen.
Karolin Heinz und Daniel Bartnek waren geduldige Probeleser, und immer, wenn ich mit der Handlung nicht weiterkam, hat Karolin stets eine gute Idee zur Hand gehabt.
Swetlana Smilga war eine große Hilfe bei allem, was mit dem Weben und den Eigenschaften der verschiedenen Fasern zu tun hat.
Die Handlung von „Zeit der Reue" beruht auf einer Idee von Niklas Schmitz, die er mir freundlicherweise überlassen hat.
Katrin Leuschen hat das Titelbild entworfen.
Chris Jones von „The Ludite Link" war sehr hilfreich bei der Beantwortung von ein paar Yorkshire-spezifischen Recherchefragen.
Mary Twentyman von der Bradford Historical Society hat mir ihren sehr interessanten und informativen Artikel über John Booth und seine Familie zur Verfügung gestellt.
Ihnen allen danke ich von ganzem Herzen für ihre Hilfe.